まるごとおいしい

幸福のつくりかた

村中李衣

クレヨンハウス

まるごとおいしい幸福のつくりかた

さて何からはじめましょうか……

友人の園長先生から、こっそり聞いたおはなしです。

入園式を終えて3日目の朝。幼稚園のベランダでぐすぐすめそめそ、どうしても気持ちの切り替えができないMくん。いろんなお友だちがそばに寄ってきて、「どうしたん？」とか、「なんで泣いちょるん？」「お部屋にはいりぃやぁ」などと声をかけてくれるのですが、問われれば問われるほど、涙がとまりません。もう、自分でも自分をどうしてあげたらいいのか、わからない感じ。

その時、少し離れたところから、じっとMくんの様子を見ていたTくんが、決心したようにつかつかとやってきて、

「Mくん。ぼくがだっこしてあげようか？」ときっぱり。

すると、びっくりしたように顔をあげたMくん、

「うん」と、ひとこと。

ちっさなからだ同士でだっこし、だっこされる姿は、どちらも真剣そのもの。そしていつのまにか、Mくんの涙はきれいに乾き、Tくんと横並びに、陽に光る園庭へと駆け出していったそうです。

「ぼくがだっこしてあげようか」

なんていさぎよい、ひきうけのことばでしょう。

きっとTくんには、うんとつらい時、おうちのひとにだっこされて、そのつらさをまるごと一緒に受けとめてもらった記憶があったのでしょう。そして、涙の海に沈みかけているMくんを前にした時、今度はぼくの番だと、その「幸福な記憶」を、さっと差し出すことができたんでしょうね。

MくんとTくんほどの優しい関係はつくれなくても、ちっぽけな日常に光をあて、うっかりほっぽらかしておきそうなことばを、手のひらにのせ

なおしてみることができたら、生きていくっていうことは、それだけで、もっともっとおいしい彩《いろど》りを見せてくれるかもしれない。そんなどきどきするような予感がしてきました。

さあ、このキモチがさめないうちに、一緒に、幸福なお皿のご用意を！

と、ここまで前書きを書いたところで、

「先生、今度の本の題名、何《なん》なん？」

と、絵本研究会の学生がやってきて、原稿をのぞきこみました。

「『幸福のつくりかた』」と答えると、

「え〜、幸福とかそういうの、マジ遠すぎやし」

幸福が遠すぎる？

ベビーピンクのマニキュアがきらきら光るつめを見せながらほおづえをついている、屈託《くったく》ない彼女の顔を見つめ返しました。

「それって、いまが不幸って意味じゃないよねぇ」

「なに言ってんのよ、先生。重すぎ、重すぎ。こう、閉じたまぶたの上をすわっと触《ふ》れていくような、一瞬の愛かもしれない感がいいんだから」

「その一瞬が積み上げられて永続的《えいぞくてき》な愛に発展したりってのは、望まないわけ？」

「そういうのはこわいよ。見えないものは一瞬にとどめとかなきゃ」

甘ったるいファッションに隠した彼女の不安と孤独が、ちらっと、見えた気がしました。

　ちっぽけなものはちっぽけなままで、ポケットにくしゃくしゃっとまるめこんでおいたほうがいい。うっかり希望の空に翳《かざ》して、光なんかあてちゃったがために、見ないですんだはずのものと向き合い、傷つくのはいや。大人になっていくってことは、そういう怯《おび》えを拭《ぬぐ》うために、「幸福の記憶」をちょきちょき切り離して、ひとつずつ売り渡していくことなんだろうか。

　やだやだ、そんなの味気《あじけ》なさすぎる……と首を横に振るわたしに、

「んじゃ、味気あるように調理してみせてよ。先生でもつくれる、おいし

い幸福のレシピがあるんなら、あたしだって、ちょっとは信じて、まじめに考えるし」

「何を信じて、まじめに考えるっていうの？」

「えっ？　決まってるっしょ。いまの彼氏とのことよ」

話はとんでもないところに飛んでいき、気がつけば、恋愛調理実習になっていました。で、できあがった、いわく言いがたい一品を前に、わたしは叫んでいたのです。

「幸福のゴールなんて、あんたが考えるほど、完璧《かんぺき》でも美しくもないんだよ。焦《こ》げすぎてたって、うっかりうずら卵の殻が混じってたって、まるごとおいしければ、それでOK！　なんだから！」

お皿抱えてにやにやしていた彼女、

「ふ〜ん、まるごとねぇ。じゃ、『まるごとおいしい幸福のつくりかた』ってすれば？　味は期待できないけど」ですって！

まぁそういうわけです。とりあえず、味見してみてくださいな。

目次

装画・メグホソキ

本文イラスト・こやまこいこ

装丁・丸尾靖子

1.

ぽんぽんちゅっ

ちいさな小児科の待合室で、夕方から絵本をたのしむ会を続けている。集まってくるのは、近所の子どもたちだったり、来院した折に、この会があるのを知ってあらためてやってくる親子だったり、その日たまたま診察終了間際《まぎわ》に駆け込んだ患者さんが検査結果をまつついでだったり、いろいろだ。

その日選んだパペットや絵本たちのなかに、『ぽんぽん』（内田麟太郎／作　畑中純／絵）も含まれていた。

本棚の1冊が、読みあう絵本としてカバンのなかに入るか入らないかは、ちょっとした運命みたいなものだ。前の晩、本棚の前に座って、さて、明日はどの本を読もうかなぁなんて考えて、メインとなる1冊と、そこへ向かっていく流れをつくるような何冊か、そして、しめくくりの1冊を……と、いちおうの段取りをする。ところが、ふとんに入ってから、ふいに、そうだ、あれも明日読もうかなっと思いついたり、出かけ際《ぎわ》に本棚の横を行き過ぎようとしたら、「あれ、ぼくのこと、おいてくわけぇ?」とでも言いたげに、1冊の絵本がこっちへ向かって合図を送ってくることもある。

まさしく『ぽんぽん』は、そういう偶然のなせるわざで、わたしのカバンにすべり込んだ1冊だった。

さて、待合室での絵本の読みあい。子どもたちと一緒に、場とからだをほぐそうと、『ぽんぽん』は最初に登場した。

ぼんやり、のほほんと居眠りを続けるたぬきのぽんぽんは、「すやゃ〜ん」と眠りこけているうちに、鼻ちょうちんと一緒に「ふわわわわ〜ん」と空中に浮かび、鳥にそのちょうちんを「ぱちーん」と割られて「たたたたた」と落下して、池に「ぼちゃーん」……。

すべて擬音《ぎおん》で綴《つづ》られたこの絵本、池に落ちても、夢にまで見ていた魚をつかまえ、たらふく食べておなかぽんぽん、ふたたび「すやゃ〜ん」と眠りこけるたぬきのぽん

ぽんに、みんな大笑い。

さっきまでは、注射を怖《こわ》がる子どもたちの悲鳴や、順番待ちのおかあさんたちのいらいらを吸い込んでいた待合室の壁や椅子《いす》が、ゆかいでおおらかな呼吸に満たされていく。

さて、お次の絵本は、とその会はなごやかに進んでいったが、ただひとり、いちばん前の列の左端でまばたきもせずに、『ぽんぽん』の絵本を見つめていたひろくんだけはちがっていた。こころは、もうずっと、ページを閉じられた『ぽんぽん』に向いたまま。また次の絵本に替わっても、ひょうきんパペットが登場しても、ずうっと『ぽんぽん』を見つめたまま。

読みあいの会が終わった。興奮の冷《さ》めないからだをぴょんぴょん弾《はず》ませたり、うっとりした思いのままでおかあさんにからだをくっつけたり、わたしのそばに寄ってきて、あれやこれやと、とりとめのないおしゃべりをしたり。みんなそれぞれのやり方で、読みあいの余韻《よいん》をたのしんでいる。

ところが、ひろくん、読みあいが終わった瞬間に、床を這《は》うようにして、いちもくさんに『ぽんぽん』に駆け寄り、そのあとはもう、じいっと、腕のなかに抱きしめるようにして、何度も何度も何度も何度も、ページをめくっている。

「よっぽど気に入ったんですねぇ」

ひろくんのおかあさんは、少し離れた場所から、息子の思いがけない様子を、にこにこ眺めている。

そのうち、10分、20分と過ぎ、にぎやかだった待合室も、ほとんどのひとが去り、残っているのは、小児科のスタッフとわたしと、そしてひろくん親子だけ。窓の外は、もうすっかり暗くなっている。

「ひろくん、そろそろ帰ろうか」

ちょっとためらった、おかあさんの声。でも、ひろくんには届かないようで、まだたぬきのぽんぽんと一緒に空に舞い上がり、池に「ぼちゃーん」と落っこちる絵をたのしんでいる。さらに、まっこと10分。

意《い》を決《けっ》したおかあさんが、

「ひろくん、その本は、りえさんの本だから、もって帰るわけにはいかないわ。さよ

ならして、帰りましょう」

実にきっぱりした声だった。今度はひろくんにも、おかあさんの声は、まっすぐ届いたようだ。

いよいよ『ぽんぽん』とお別れの時。ひろくんは『ぽんぽん』をぎゅうっと、両腕で抱きしめた。そして、表紙を上に向けて、水色の長椅子にそおっと置いた。それから、長椅子の上によじのぼり、じいっと『ぽんぽん』を見つめたあとで、おおいかぶさるようにして、「ちゅっ、ちゅっ、ちゅっ」。木版画の力強い線に沿って、ほっぺたに「ちゅっ」、お耳に「ちゅっ」、もひとつお耳に「ちゅっ」、お鼻に「ちゅっ」、おひげに「ちゅっ」、いちばん最後に、くりくり目玉に「ちゅうっ」。そして、静かにそおっと、長椅子から下りた。

ああ、なんてしあわせな、愛する者との別れ方だろう。別れがたくて、いやいやとだだをこねることも、泣き叫ぶことも、思いどおりにならぬ苛立《いらだ》ちから絵本を投げつけることだってできる。なのに、たった2歳のこの子は、別れの瞬間に相手をぎゅうっと抱きしめて「だいすきだよ」と伝えたのだ。

きっと、1日の終わり、ベッドに入ったひろくんは、家族から一緒に過ごせた今日という日のお別れに、「だいすきだよ」のちゅっをプレゼントしてもらっているのだろう。

わたしたちは、毎日、ちいさな出会いと別れの瞬間をくり返している。うれしいし悲しいし、せつなくもある。そういうくり返しの波のなかで、「あなたがだいすき」の思いを重ねていくこと。それが、生きていくことのなかに残る、いちばん深い記憶なのかもしれない。

しっかり別れることは、そこから続く時間にまっすぐつながっていくんだよね。
ではでは、わたしもとりあえず、しめくくりのおやつでも、つくりましょ。

いとしのローズヒップチュース

1 ひと恋しい夜、ティースプーン2杯のローズヒップをティーポットに入れ、熱湯をそそいで、まずは静かにハーブティーをたのしんで。

2 それでも立ち去りがたい夜は、ポットの底のローズヒップをガラス容器に移し、冷蔵庫にラズベリージャムを探しましょう。ほかのジャムたちとのスリリングな出会いもＯＫよ。

3 ローズヒップとジャムをくちゅくちゅ混ぜて、召し上がれ。ちょっぴりせつない1日のしめくくりにどうぞ。

2.

プライドにかけて

17歳になる息子が、1年ぶりに留学先のニュージーランドから戻ってきた。おもしろく生きるというのが生活信条なので、毎日なにか新しいことを見つけては、約1ヶ月の休暇を過ごそうとしている。

そんな彼に、地元の養護施設の園長先生が、園生全員が集まる食事会の席で、ビンゴ大会の前にマジックをやってくれ、ともちかけてくださった。

息子の特技はマジックで、高校入試の面接試験の時でさえ、こっそりマジックのネタをポケットにしのばせていたほどだ（試験が終わって脱ぎ捨ててあった制服のポケットが、やけにふくらんでいるので発覚《はっかく》した！）。

マジックを披露《ひろう》できるとなると、どこへでも出かけていく彼が、ふたつ返事でひき

うけたこの誘い、夜になってめずらしく、「やっぱりやめようか」などと、ぐずぐず煮え切らないことを言いだした。施設に自分と同じ高校生が何人かいるとわかって、急に腰が引けたようだ。

「けっこうきびしいとこをくぐってきてるやつらだから、ぼくみたいなのが行ってもおもしろくないやろ。それにさあ、留学してたからってカッコつけて、たいしたことない手品《てじな》やって、のぼせてんじゃねえってことになるかもなぁ」

「ふうん、そりゃそうかもねぇ」

「やろ？　小学生ぐらいまでやったらいいけど、やっぱ高校生までいるってのはやばいよ」

「いいじゃん、高校生には高校生のたのしみがあるんだろうし、べつにあんたの手品でたのしめなくったってさ」

「いや、そういうことを言ってんじゃなくてぇ……」

息子が言いたいことは、わからなくもない。同年齢の子たちにしらっとした目で見られることが怖《こわ》いのである。なぜ怖いか……。自分のほうが彼らよりも幸福な環境にあるという自覚が引け目となり、「なにかしてあげる」という「対等でなさ」に対して敏感になる。

「いい気になってるって思われるのはいややし、そんなことをやつらに思わせること自体、かんべんって感じやなぁ」

わたしが病院や施設で読みあいをはじめたころにも、息子と同じような葛藤《かっとう》の波が何度も押し寄せた。

無邪気《むじゃき》にはしゃぐちいさな子どもたちをまんなかにして、冷《さ》めた目でこちらを見ている中学生たち。

「おまえ、なにしにここにくるんか？」

「ここくるんで、なんぼ金とるんか？」

わたしを試《ため》しにかかることばに、ひゅっとひるむ。ひるんだと見るやいなや、あ、こいつも、口先だけの、うそもんやと、彼らのこころは遠くへ離れていく。そのあとはもう、けしかけてくることもない。それに気づかぬふりをして、粛々《しゅくしゅく》と、見せかけのボランティアを続けることは、ほんとうに苦しい。

「いいじゃん、いい気になれたらサイコーじゃん。自分がほんとうにいい気持ちになれる時っていうのは、相手もいい気持ちでいる時だけだもんね。それまでは、いい気になったふりするしかないでしょ」

なあんて、のんきに笑って言っちゃったけど、わたしにだっていくつも壁はあったよなあ。

息子は、中学生のころ、地元の国際交流事業でオーストラリアに派遣されたことがあった。その時の〈交流のつどい〉に、つき添いの先生の指示で、浴衣《ゆかた》を着ておどり、折り紙を折り、日本の歌をうたったそうだ。それは、そこそこの歓迎を受けたらしいが、日本からきたというだけで、なぜ一様に浴衣で折り紙なのかが息子には納得《なっとく》いかなかったらしい。

「ぼくはオーストラリア人のおばあちゃんと交流したかったんじゃなくて、目の前にいるそのおばあちゃんと交流したかったのに。おばあちゃんにも、日本からきた男の子じゃなく、ぼくを知ってほしかったのに」

帰国報告の席での息子の発言は、交流を世話してくださった組織にとっては、せっかくにケチをつけたようで、あまりうれしいものではなかったようだ。しかしそれは、彼がボランティアについて考える最初の大切な経験となり、その思いをつないで、1年間を過ごしたニュージーランドでは、暇《ひま》を見つけていろんなデイケア施設を訪ね、マジックで驚かせたり笑わせたりしてきたらしい。

そんな経験から、きっと自分でも、ひととのかかわり方が昔より一歩進んだと思い上がっていたのだろう。けれどその一歩先には、やっぱりまた、こんなつまずきがある。

思えば、ちいさい子やお年寄り、それに異国のひとを前にした時は、異なることが前提にある。異なっているという意識は、ひとを寛容《かんよう》にさせるから、「生身《なまみ》のひととひとで出会いたい」という思いをぶつけると、ややこしい疑いぬきで、ああ、そうなのね、と受け入れてもらいやすい。

でも、今回のような日本での同年代の子との出会いの場合、ほんとうの意味で対等に出会い、素直に共感しあうのはとてもむずかしい。

自分のこころの奥底にあるプライドが、よくもわるくも試される。

「ねぇ、『うわぁ、あのひとの手品はすごいなぁ』って感心してもらいたいの？　それとも『ああ、おもしろかったぁ』ってたのしんでもらいたいの？　どっち？」

「そりゃあ……」と彼は口ごもった。

結局彼は、マジックショー当日まで、ひたすら芸の腕を磨《みが》くことに専念していた。おかげで、千円札は何枚もびしょぬれ、コップも数知れず割れた。

ショーの終わった晩のこと。

「ぼく、芸に夢中やったけぇ、うけたかうけんやったか、みんなの表情を見る余裕もなかった」

「けど、このポラロイドで見る限りは、みんな笑ってるやん。しあわせそうやん。あんたの表情も、おんなじにしあわせそうやん」

「かあさん、よく見てみぃね。うしろに立ってる高校生の笑いは、『こんなあほなこと、ようやるわ』って笑いだよ」

それでも、その笑いを否定しない、彼のおおらかな笑顔に、ちょっと成長したなと、これまた、にやにや笑いの母親でありました。

子どもの思い上がりを、ちょうどいい頃《ころ》合《あ》いで
つきくずしてもらえる世間《せけん》に感謝だわ。
んじゃ、とりあえず、おいしいおやつでも、つくりましょ。

プライドーナツ

1 甘くないドーナツをつくります。
2 ドーナツ1個を、少し大きめの皿にのせます。
3 あなたの鼻の高さを正確に測ります。
4 砂糖を、測った鼻の高さの分だけ、ドーナツの穴の部分に積み上げます。
5 フォークで砂糖の山をつきくずしながら、ドーナツと一緒に食べましょう。
少々鼻につきますが、けっこういけます！

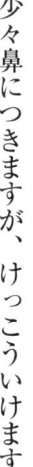

3.

正直な話

2月14日は、とても臭《くさ》かった。

「島根県で講演会があるのよ、近いのよ、日本海の魚だよ。一緒に行かない？　ねえ、行かない？」

連れ合いに誘いかけたら、「うん」と返事があったので、とってもたのしみにしていた。ところが、当日の朝になって「仕事が入った」と、ふたりのドライブはキャンセル。それでも夜には合流するというので、それはそれなりにたのしみにしていたわけ。

さて、駅前のビジネスホテルにひと足先にチェックインしたわたし。玄関先まできた時、うわぁ、このあたりって硫黄《いおう》の臭《にお》いがきついなぁ、そういう工場でもあるのかなぁとびっくりした。

フロントで宿泊カードの記入欄に自分の名前を記《しる》すと、

「ご同伴の方のお名前もご記入ください」と、係員がにっこり。

指差された空欄を見て、一瞬、あらら、どうしよう、と迷った。わたしは自分の欄に〈村中李衣〉と仕事で使う名前を記していたから、連れ合いとは名字《みょうじ》がちがう。なんか2月14日だし、あやしい関係に思われてもなぁ……と考えすぎたわたしは、つい、連れ合いの名字のところを〈〃〉とやってしまったのだ。

すると、フロントの係員が首をかしげ、

「えーと、ご一緒の方は〈高橋様〉と伺《うかが》っておりましたが？」

「あ、そうでしたっけ。ごめんなさい。〈高橋〉でいいんです。それって、わたしの名字でもありまして、〈村中〉は、ペンネームでして。まあ、ペンネームというほどたいしたこともしてないんですけど……」

と、さっぱりわけのわからない言いわけ。こりゃぜったい、あやしいと思われたよなぁと、だあれも気にしちゃいないことを、ひとりぶつぶつ。

そして、問題の夜である。連れ合いは約3時間かけて、ビールを抱えてやってきた。

部屋に入ってくるなり、

「ここ、臭《くせ》えなぁ」

「でしょ？　このへんに、工場があるのかねぇ」

「なあに言ってんだ。こりゃ、浄化槽《じょうかそう》の臭《にお》いじゃねぇか。ホテルの目の前にでっかい浄化槽があったべさ。ほれ、見てみぃ」

なんのためらいもなく、連れ合いは部屋の窓をぱっかーんと開け放した。たまたま玄関の真上に位置した部屋だったため、証拠の浄化槽をわたしに見せようとしたのだ。

このへんの妙《みょう》なこだわりは、建築関係の仕事をする彼らしい。

とたんに、濃厚な臭いが部屋のなかにどっと流れ込んできた。

泥と苔《こけ》とアンモニアが混じったような、くらくらする臭い。

「な、なんで窓なんか開けるのよぉ」

わたしはベッドに仰向《あおむ》けに倒れ込んだ。すると、床に水平に向いた鼻の穴へ、まってましたとばかりに、さっきより強烈な臭いがつーん！

連れ合いはというと、部屋に冷蔵庫がないことを知り、窓を開けてビールを冷やしたい、でも開けると臭《くさ》い。冷えたビールか、さらに臭い部屋かと、そのジレンマに苦しみ続けていた。

結局、顔半分にタオルを巻きつけ、うなされながら眠ったふたり。朝がきても、頭のなかはぐわんぐわん。がまんできずに、出発前、支配人を呼んだ。

部屋に入ってきた支配人にたずねる。

「この部屋は臭くないですか？」

「いいえ、べつに……」

信じられず、ひょっとして、鼻が慣れきっているのかもしれないと、もう一度確かめた。

「支配人は、このホテルに泊まり込んでいるのですか？」

「いいえ、通いです」

「じゃあ、けさ、このホテルの前まできて、臭くはありませんでしたか？　この部屋はそれ以上に臭い、とは思いませんでしたか？」

「いいえ、べつに」

と答え、さらに彼は、

「いままでお客さまのようなクレームはありませんでした」

とつけ加えた。そりゃあ、浄化槽のせいだと気づいていないせいでしょう。しかたのないことだ、とあきらめているだけでしょう。ついに、わたしの怒りが爆発してしまった。

「わかりました。いますぐに、過去3年間の浄化槽に関する管理記録を見せてください」

支配人の顔色が変わった。

数分後、差しだされた記録をチェックしてみると、案の定《あんじょう》、タンク清掃の時期がとうにきているのに、そのまま見過ごされていた。

記録で問題点がはっきりしたとたん、

「まことに申しわけありませんでした」

ねぇ、それっておかしくないですか? 記録よりなにより、泊まったお客が「臭《くさ》い、不快だ」と訴えているんですよ。なぜ、書類は信じられるのに、お客の声は信じられないの？　なによりも、自分の鼻で、お客の不快を率直《そっちょく》に嗅《か》ぎとってくれないの？

そのあとに、「おわびにコーヒーはいかがですか？」とかなんとか、いろいろと取りつくろおうとするのだが、根本が狂っているから、どのことばもとんちんかん。

「臭くて頭がずきずきしているなかで、コーヒーったってなぁ」

と、正直な連れ合いのひとこと。

結局、「きちんと点検と清掃がすんだら、そのことを知らせてください」と提案して話を終わらせようとしたら、「それじゃあ、ファックスかなんかでお知らせいたします」ときた。

おいおい、「ファックスかなんか」ってなんなの？　自分の手間を省くために、お客の家の紙を使うつもり？　切手貼《は》って、ポストに入れるほどの誠意もないの？　と考え考え、うじうじしているうちに、心底《しんそこ》悲しくなった。もう、なにも言う気にもなれず、わたしたちはホテルをあとにした。

しばらく、ふたりとも、無言で、車の外に流れていく朝の緑の風景を見つめていた。

やがて、連れ合いが、しみじみとひとこと。

「やっぱ、正直だよなぁ」

「えっ、わたしのこと？」

「浄化槽は正直だよなぁ」

わたしもここらで、こころの浄化装置を点検しないと！

正直を貫《つらぬ》くのって、正直を受け取ってくれる相手があってのことよねぇ。
まぁいいわ、とりあえず、そうは甘くいかない、
ストレートな飲みものでも、つくりましょ。

正直ソーダの単純割り

1 ガラスのコップを冷やしておきます。
2 つまようじを1本にぎります。
3 炭酸ソーダをコップにそそぐやいなや、
顔をコップに近づけます。
4 コップからシュワシュワーと上がってくる泡《あわ》を、
自分のうしろめたさの数だけ、つまようじでつぶします。
5 あとは適当に、目をつぶって飲みましょう。

4.

2杯のかけうどん

つい先日、中学1年生の娘から告白を受けた。

「例のうどん屋さんでね、今日、おつりをもらったんよ。手のひらを見たら、６２０円あるんよ。わたし、５００円しか払っとらんのやから、おつりを見てすぐに、まちがいだってわかって、一瞬ラッキーかなって思ったけど……」

彼女のいう「例のうどん屋さん」とは、通学のために利用する駅の立ち食いうどんのお店のことだ。娘と友だちのふたりは、学校帰りに、そのうどん屋さんに立ち寄るのがたのしみらしい。

「かけうどんの大盛りください」

大盛りのかけうどんが出てきたら、

「すみません、おわんをひとつ貸してください」

すると、かけうどん2杯分が、1杯分の230円プラス大盛り料金の150円で食べられるので、ふたりがそれぞれかけうどん1杯ずつ頼むより、80円お得なのだそうだ。

毎日かかさずこの注文をくり返しているものだから、娘たちが店に顔を出すなり、お店のひとは黙ってうどん2玉をゆではじめるようになったという。

「うれしいことにねぇ、大盛りの場合も、かまぼこは1枚が原則なのに、わたしたちにはちゃあんと2枚入れてくれるんよ」

80円の倹約を誇らしげに、そして薄いうすいかまぼこ1枚のサービスをこころからよろこんでいる。娘のささやかな寄り道の物語をこれまでは、若いっていいなあ、なんてのんきに聞いてきた。でも、まちがいで手のひらにのった500円玉に、一瞬こころが揺れたと聞けば、さすがに、そこまでみみっちく育ててしまったのか、と胸が痛んだ。

「ねえ、まあちゃん、そういう時には……」

意見しようとしたわたしのことばをさえぎるように、娘は告白を続けた。

「けどねえ、ついさっきまでこのどんぶりに浮かんじょったかまぼこが、ふうっと目に浮かんだんよ。それからね、夜、暗くなった駅のなかでね、こうさあ……、お店の明かりだけつけて、カウンターに今日の売上げのお金を並べているおばちゃんの姿が浮かんできたの。そしたら、ああ、いけない、これは、もらっちゃいけないなって、思った」

「で、どうしたの?」

「もちろん、返したよ。わたしたち、500円しか払ってません、ってね」

ここまで逡巡《しゅんじゅん》しといて「もちろん」はないだろうと苦笑しながら、それでもなんだかとってもほっとした。

ほっとしている場合か、おまえの躾《しつけ》がわるいと言われそう。でも、娘が「これだけのお金があったら、もう1杯……」という誘惑を振り切って500円玉を返したのは、教え込まれた道徳意識からではなく、店のおばちゃんの日常への想像力から。そして、その想像力は、おばちゃんからいつもなにげなくもらってきた、幸福の記憶から生ま

れたものだ。それが、ありがたい。

「で、おばちゃん、なんて？」

「あいよ、って」

「それだけ？」

「それだけ」

「じょうちゃんたち正直だねぇ、とか、ありがとう、とかは？」

「ないよ。なかったからね、あとで、じんわりきた」

「じんわりって、なにが？」

「だからさあ、あたしたちとおばちゃんって、もうそういうあたりまえの関係なんだなあって。あたしたちがずるいことするなんて、まったくありえないって信じられてるようなさあ……」

はなから正しいことは、いざという時に揺れる。でも、一見どうでもいいような日常の断片のなかから生まれた想像力は、いざという時の決定打になったりするから不《ふ》思議《しぎ》だ。

話が横道にそれるが、昔、かけそばがらみの美談があったっけ。仕組まれた善《よ》き物語は大ヒットの末に、作者の詐欺《さぎ》事件でもみくちゃにされた。

「やっぱりなぁ、どこかできすぎてると思ったよ」

と、つい先日まで、あれほど物語を賞賛していたひとたちが、手のひらを返すようにささやき合った。でも、もみくちゃにされた物語のもろさは、作者の実人生の汚点《おてん》とは無関係に、すでに初めからあったような気がする。

それはたぶん、意味のある人生にこだわりすぎた、しんどさではなかったか。貧しいなかで努力することの象徴が「1杯のかけそば」であり、苦労している家族はみんなやさしく助け合っていかなければならない、ということ。「1杯のかけそば」を分け合う生活の先にあるものは、人生の成功であり、その成功とは、高い地位をもつ職業人となること……。読者以上に、登場人物たちは、さぞや息苦しかったことだろう。

大人になっていくほどとってもむずかしいことではあるが、みみっちいことをみみっちいままに愛し、記憶していくことができたら、どこかで、まんざらでもない人生を歩いてきたことに、笑いながら気づくかもしれない。

そういうのもわるくないよなぁと、ひとりでうなずいていたら、

「やけぇ、かあさん、おつりでドキドキせんですむよう、たまには、５００円を超すうどんが食べたいよぅ」

と、娘が手のひらを差しだしてきた。

やれやれ。

お金って、ひとの縁《えん》（円）を切るだけじゃないんだよね。
円の重み、縁の重み……。
それじゃ、とりあえず、おいしいお夜食、つくりましょ。

パンのミミッチーズ

1 たまたまパンの耳が残ったら、「おっそうだ」と、お皿にのせましょう。

2 その日、たまたまなにかに使ったチーズの切れ端が出たら、「ラッキー」と、細かくきざみましょう。

3 きざんだチーズを、お皿の上のパンの耳にふりかけます。

4 その日、たまたま髪を洗ったら、「超ラッキー」と、髪を乾かすついでに、ドライヤーで〈パンのミミッチーズ〉をあったためて、夜食にしましょう。ドライヤーを使わぬ夜でも、召し上がれます。

5.

やっかい峠を越えて

奈良に出かけた。興福寺《こうふくじ》の五重塔が見える旅館に泊まった。

静かな朝に、食事の用意された場所へ行くと、先客で、ひと組の親子が中庭のよく見える窓際《まどぎわ》に座っていた。背の高いおとうさんと向かい合って、かわいい女の子とおかあさん。2歳前後の女の子は、足をぱたぱたさせて、いつもとちがった朝が、いかにもたのしそうだ。

きゃきゃっ、とくすぐったそうな笑い声を聞いているだけで、こっちまでなんだかうきうきしてくる。よく磨かれたガラス窓からそそいでくる日差しも、あたたかい。頃合《ころあ》いよく、わたしの前に差し出された朝ごはん。あらら、茶粥《ちゃがゆ》とごはんと両方あるわ。湯豆腐《ゆどうふ》もあったかいうちにだけれど、フグの一夜干《いちやぼ》しも先にあぶったほうがい

いかしらん……などと、いろいろ迷う。金網の上のフグが下からの炎にあぶられて、身の両側をよじりはじめたちょうどその時、

「このおさかなさん、うごかないねぇ」と、澄んだ声。

思わず、えっ？　と、隣をのぞいてしまった。

おとうさんが、小皿のちりめん山椒《さんしょう》から山椒だけ取りのぞいて、ちょこっとのごはんの上に、そのちりめんをのっけ、「あーん」と、娘の口に入れようとしているところだった。

うごかないおさかなって、ちりめんじゃこのことかぁ、と納得《なっとく》しかけた次の瞬間、

「ほんとやねぇ。かわいい顔したはるのにねぇ」と、おかあさん。

「見せて見せて」

そして、親子3人で、箸《はし》の上にのっかったちりめんじゃこの顔をしみじみ。

ついついわたしも、箸の手を休めて、しみじみ……。

（ん？　ちょっとまてよ。動かないのと、ちりめんじゃこの顔と、どういう関係があるわけ？）

でも、親子はそんなこと、いっこうにおかまいなし。

さて、それでは、このおいもの煮つけを、と思ったところで、

「おっちゃーん、おっちゃーん」

へっ？　と、またまたお隣を見る。

女の子は椅子《いす》から下りて、ガラス窓に顔をくっつけ、中庭に向かって手を振っている。どなたが庭におられるのかと目をこらせば、なんと、埴輪《はにわ》だった。

「おっちゃん、なにを考えてんのぉ？　なぁ、おっちゃん、なにを考えてんのぉ？」

そしてまた、おかあさんのひとこと。

「ほんとやねぇ。もう、ずうーっと長いこと考えたはるんやろうねぇ」

おとうさんも、なんだかわからないけれど、にっこりしながらうなずいている。

ああ、もうこの3人は別の世界の住人のようだ。意味とか論理などというものとは遠くかけ離れたところを、ここちよい気分だけ共有しあいながら、漂っているのだろう。そんなことを思いながらぼうっとしていると、

「ごはんのおかわり、いかがですか？」

テーブルの横で、仲居《なかい》さんがにこにこしている。

「あ、ああ、そうですよねぇ……」

返事ともつかない返事をすると、その仲居さん、再びにこにこしながら、

「ほんと、ちいさいお子さんって、おもしろいですねぇ。つい先日も、驚かされましたわぁ」

と、語りはじめた。

「わたしの名前は、〈あき〉いうんですけどね、夜、お部屋のお世話をさせていただく時は、ちゃんとこう名札をつけておくもんですから、その日お泊まりになったぼっちゃんも、『あきさん、あきさん』って名前おぼえてくれはりましてねぇ。

そいで、おふとん敷《し》くときに、聞いてきはったんですわ。『あきさんは、朝から晩までずうっと働いてるのん?』って。『そうですよ』とお答えしたら、そのぼっちゃん、踊りをおどるように部屋中ぐるぐるまわって『あきさんビンボー、あきさんビンボー、あきさんビンボー』って、うたいっぱなしですわ。

おかあさんが恐縮《きょうしゅく》しはって『この子、絵本の昔話好きやさかい、それでこんなせ

リフおぼえてしまって……』って。ほら、よくあるじゃないですか、『おじいさんとおばあさんは、びんぼうでびんぼうで、朝から晩まで働きづめでした』ってね。子どもって、ほんとおもしろいですよねぇ」

聞いているわたしのほうは、どきんとしてしまって、ちりめんや埴輪のようにはおもしろい、とは思えなかった。けれど、仲居さんの話しぶりはまったくさばさばとしていたし、その表情は、窓際《まどぎわ》の女の子を見つめて、ほんとにゆかいそうだった。

想像でしかないけれど、この女性は、悪気《わるぎ》のない子どものことばだけに、突然与えられた「あきさんビンボー」という囃子《はやし》ことばを、どこに捨てておいてよいかわからず、今日まで抱《かか》えあぐねていたのかもしれない。なんともいごこちのわるいことばで、打ち消すもっともな理由を見つけだしても、やっぱりなんとなく重い。

それが、ある日、ある瞬間に、まったくの偶然の風景を借りて、ことばの意味を超え、ふいに腑《ふ》に落ちる。腑に落ちてはじめて、自分を見返せば、そう、ともかくここまでやってきたのよね、とさっきまで抱えあぐねていたことばと、あらためてつき合う余裕ができてくる。

きっと、女の子を見つめる彼女の表情に曇《くも》りがなかったのは、いま働いてここにいる自分に向けて、すうっと、つじつまが合ったからじゃないだろうか。

そんなこと、なんにも知らずに、女の子が夢中で、中庭のおじさんに手を振っている。

やわらかい朝の光が、降りそそいでいる。

いやだな、やっかいなものを受け取ったなあ、と思っているうちに、
それが、自分をあたためてくれてたって気づいたんだわぁ。
うん、ここらで、あったかいものでも、つくりましょ。

ふにおちるこ

1 あっ、おしるこが食べたいな、と思いつきます。
2 1人前だけアズキをふやかし、おしるこをつくります。
3 おもちを入れる段になって、ふいに、
おもちがないことに気づきます。
4 ほんのひとつだけ、もち麩《ふ》をお湯で戻します。
5 なべのおしるこをおわんに移すやいなや、大急ぎで、
もち麩をその上にぽとん。さっと食べましょう。

6.

なつかしい場所

短大の卒業生が「ちょっとでいいので、お会いできませんか」と手紙をくれた。彼女の住む街は九州の南の端で、ここ山口からゆうに5時間はかかる。友人の結婚式で久しぶりにくるのだという。たぶん、この長旅は卒業以来はじめてだろう。

彼女を学校から送りだしたのは、5年前。目立って成績の優秀な学生のひとりだった。明るく、責任感も強く、先生たちの信頼も抜群だった。その彼女とわたしは、卒業前の半年間、ひどく気まずい関係であり続けた。原因は芝居づくりだった。

その年、学生たちはふたつのグループに分かれ、茨城県にある陸平《おかだいら》という縄文貝塚と、下関《しものせき》にある短大キャンパスを結ぶ芝居を競《きそ》い合った。取材にはじまり、シナリオづくりから、予算のかき集め、配役、演出、監督、照明、音響、衣装、舞台装置

づくりまで、すべて学生たちがこなした。

ふたつのグループはまったく対照的で、彼女のいたグループは「先生にやらされたくはない」という意志をもち、もう一方のグループは「あーあ、先生、このあと、どうすんの？」と、なかなかやる気を起こせないでいた。

わたしは、後者のグループにかかりきりになったのだと思う。両グループとも、同じように見守っていたつもりだったが、彼女のいるグループから冷たい視線が向けられるようになった。練習に立ち会っても、わたしのことはまったく無視。しかし、もう一方のグループに手を焼いていたわたしは、教師への反発が自分たちの団結のバネになるのならと、そういう彼女たちの葛藤《かっとう》の渦《うず》のなかに飛び込んでいくことをしなかった。

芝居はそれぞれに成功したが、わたしと彼女たちのグループとの間のぎくしゃくした関係は、卒業まで修復できなかった。

「ごめんね」というのは、なんだか、彼女たちのがんばった日々に対して失礼な気がして、卒業式の日も、ただにこにこしていたわたし。その情けなさは、この5年間、こころの隅に消えずにあった。

だから、約束の日、彼女を駅に迎えに出ながらも、どきどきしていた。ところが、再会した彼女は屈託《くったく》なく明るく、まるでわだかまりのあった日々がうそのように、他《た》愛《わい》のないおしゃべりに興《きょう》じた。ほっとしながらも、こころのなかで、彼女がいまわたしに求めているものがなんなのかを探していた。仕事のことでヒントがほしいのかな、それとも、人間関係についての悩みかなあ……などと。

ちょっとの時間という申し出だったけれど、そんな短時間になにかを打ち明けるという感じでもなくて、結局4時間近く、なにをするでもなく、ふたりでだらだらとおしゃべりを続けた。

別れ間際《まぎわ》に、わたしは、カバンのなかから、5年間渡しそびれていた写真を取りだした。芝居の舞台に立つ彼女の姿。わたしのカメラに残っていて、彼女たちが卒業してから出てきたものだ。当日の写真は、同じようなショットでプロのカメラマンが何枚も撮っていたので、なにもへたくそなわたしの写真などいらないだろうと、ずっと机のなかにしまってあった。

「なつかしいなぁ。信じられないほどのセリフをおぼえて。提出しなくちゃいけないほかのレポートも山ほどあって、それでも、自分たちでやってみせるって意地《いじ》になって……」

彼女の目が、見る間にうるんだ。

ゆるやかな、時間のあともどり。その流れが、彼女のいまを、やさしくなでている。

わたしはまた5年前と同じように、遠巻きに彼女を見つめることしかできないでいる。

別れ際《ぎわ》、彼女は、

「なんだかまた、挑戦してみようっていうわたしが見つかったような……前が開けた感じです」

と、ちょっとほほえんで、頭を下げた。

彼女は、わたしにではなく、わたしをにらみつけながら必死に前を向き続けたかつての自分に会いにきたのだと、ようやくわかった。それでも、テーブルをはさんで白玉ぜんざいを食べながら、「先生に見捨てられたわけじゃないって、いまはわかるんですよ」と、わたしの過去を慰《なぐさ》めることも忘れなかった。

キャンパスでは、教師と学生のライブの連続。でも、卒業した瞬間にそこは、学生たちの「記憶の場所」となる。そして、学生たちがいつでも立ち戻れるように、教師は「現在という場所」をつむぎ続ける。

なつかしい場所がなつかしくあり続けるとはどういうことなのか。

ふと、昔、なにも知らずに「またくるねぇ」と手を振り、「ああ、またいつでもおいで」と手を振り返し見送ってくれた、あのふるさとの「またくるまでの時間」に、会いたくなってしまった。

記憶って、いつかの自分に会いにいく場所のひとつなのかもねぇ。
そうだわ、とりあえず、なつかしい味の一品でも、つくりましょ。

なつかしゅうまい

1 ながーいこと冷凍庫に入れて忘れていたしゅうまい。
ながーいこと戸棚におき忘れていたナッツ。

2 しゅうまいとナッツをきざんで、ゴマ油で炒《いた》めます。

3 赤みそ、酒、みりんを溶《と》いたものでからめます。

4 なつかしさで「ふーふー」言いながら、いただきます。
そういうのがいやなひとは、しゅうまいにナッツをふたつ差し込んで耳にして、
目と鼻も描きこんだりして、なつかしい気分にひたりましょう。

7.

ゆずれない時間

深夜の夜食タイム、食パンにたっぷりめのバターを塗りながら、娘が語りはじめた。

「今日さあ、やっちゃったよ」

「やっちゃった？」

「うん。どーしても、このまんまじゃ、引き下がれんと思ったんよ」

なにやら物騒《ぶっそう》な気配である。

娘は、キツネ色にてらりと光る食パンを、指先でふたつに裂いた。

「今日の音楽の時間にね、先生が指揮者の役割を説明したんやけどね、『舞台に上がる時も、いちばん最後に登場して、ばあっと目立って、演奏が終わると、誰《だれ》よりも先に帰っちゃう。まあ、いわば、会社の社長さんとおんなじよね』だって」

「あきれるほど、中身のない説明だねえ」と、わたしは言った。

「それがねえ、わたしにはあきれるではすまされんかったんよ。こういうふうに社長のことを簡単にもちだすってことがさ!」

娘の語気《ごき》が強まる。食パンは彼女の歯でかみちぎられていく。

「それでこれはもうそのまま聞き流したほうがぜったいお得とは思ったけれど、おとうさんの姿がぼわっと浮かんできて、いや、これは言わんといけん、と決心して……」

「決心して?」

「手をあげて抗議した。『わたしのおとうさんは社長ですけど、会社の誰よりも先に会社に行って、真夜中まで働いています。会社のひとより先になんか帰らないし、山のように積み上げられた書類と、ずうっと闘っています』って」

「そしたらなんて?」

「『いまはバブルが崩壊してどこも不景気だから、そういう社長さんもいるかもしれないわねぇ』だって。殴《なぐ》ってやりたかった」

抑えていた怒りが、またこみあげてきたようで、娘の顔は紅潮《こうちょう》している。

「わたしだって、ばかじゃないからね、こういうこと、正面から抗議すると、『自分ちのおやじが社長だって、うれしげに公表してやがる』ってささやくやつがいるだろうなとか、あんなこと言う先生だから、抗議したって『生徒が刃向《はむ》かってきた』ってことだけ根にもつだろうなって、思ったよ。でも、それでも、おとうさんの姿が思い浮かぶと、やっぱり黙っていられなかった」

「そういうのを『父の名誉《めいよ》にかけて』って言うんよ」

娘はやっとひとつ深呼吸した。そして、ミルク紅茶をゆっくりのどに流し込んだ。

「でもかあさん、これってやっぱり名誉なのかねぇ。正直言って、わたしはね、毎晩毎晩あんなに遅くまで、休むこともできないで仕事してるおとうさんが、みじめっていうか、哀《あわ》れっていうか、そんなに誇らしく思ってたわけじゃないんよ。そういうおとうさんの毎日を、名誉だなんて思ってないんよ。ただ、なにも知らないやつに、意味づけをされたくないっていう……」

「人間が生きることの名誉って、他人からもらう勲章じゃないから。これが、自分の生き方だっていう腹のくくり方のことよ、きっと」

娘が急に、はればれと笑いだした。胴まわり1メートル以上もある父親が腹をくくる姿を想像したらしい。

3年前、息子が期限切れの定期で改札口を抜けようとして駅員に見つかり、呼びだされた時、夫は、会社の名前の入った作業服を着たまま、駆けつけた。

「そのかっこうじゃ、どこの会社かわかるじゃない。わざわざ会社のイメージがわるくなるようなことしなくていいのに」

とつぶやいたわたしに、夫は言い切った。

「会社の恥は承知の上。おれにとっては、社会のなかで生きてることと、父親として生きてることは別ものじゃねぇんだ。だから、社会の責任を担《にな》っている部分も含めて、息子のしでかしたことで頭を下げる。父親が恥をかく姿をちゃんと見せねぇとだめだ。ごまかしてどうする」

いまこう書くと、ちょっとかっこいいが、実際は、栃木弁でぼそぼそっと訛《なま》りながら言うもんだから、なんて融通《ゆうずう》のきかない不器用なやつなんだろうとしか思えなかった。ごめんねぇ。

これだけはゆずることができないという、自分の生き方の柱。それを育てるのは、やはり、同じように生きる柱をもち続けて進む、誰かの存在。親が子どもの少し前を歩く意味は、そこにあるのかもしれない。

「あっ、かあさん、その1枚は、わたしのよ！」

ゆずれない親子の深夜の会話でした。

娘が、父の名誉にかけて抗議する場所が、学校だったっていうことがせつないけれど、だからこそゆずれないよね。

よおし、とりあえず、ゆずれんサラダでも、つくりましょ。

ゆずれんこん

1 レンコンをうすーくスライスして塩ゆでし、氷水にさらします。

2 ユズを細かくきざみます。

3 レンコンと、ユズと、かつおぶしと、ゴマを混ぜて、そうめんのつゆをかけます。

4 誰がなんと言おうと、「いただきまーす」。
誰がなんと言おうと、ユズとレンコンに、こだわってください。

8.

おかわりパンツ

雨が降りはじめたちょっと肌寒い夕暮れ。地元にある、お気に入りの子どもの本屋さんを訪れた。

カランとベルを鳴らし、ドアを開けたと思った瞬間、目の前であらあら、ちいさな女の子がおしっこを、じょじょじょじょじょじょーん。

そばにしゃがんで絵本選びをしていたおかあさん、ハッと息をのんだあと、なんと目から涙がじわーっ。女の子は、涙を浮かべて動かないおかあさんの肩におそるおそる手をかけ、床から立ちのぼる湯気《ゆげ》のなかに立ちつくしている。

（おかあさん、おかあさん、泣いている場合じゃありませんよ。ほらほら、ズボンとパンツを脱がせてあげて）

お店のスタッフがあたふたとタオルを探しに走った。その間、おかあさんは、ひっくひっくとしゃくりあげながら、バッグのなかのきれいなハンカチを取りだし、床をしゅうっとなでた。

（おお、なでるんじゃだめ。熱いタオルと乾いたタオルで……。いやいや、それよりなにより、早くパンツを脱がせてあげて！）

おかあさんは途方《とほう》にくれた顔で、娘のぬれたズボンを脱がせるのがせいいっぱい。スタッフがバスタオルをもってきてくれると、ぬれたパンツの上から娘の腰に巻きつけるだけ。

（それじゃ、風邪《かぜ》ひくわよ。パンツも脱がせて、ちゃんと拭《ふ》いてあげて）

見かねたスタッフに導かれるままパンツを脱がせたものの、そのあとどうしていいかわからない様子。窓の外では、横なぐりの風がひゅーるるる。

（えーと、パンツのおかわり、パンツのおかわり……そうだっ、おかわりパンツならわたしがもってる！）

思わずわたし、スカートをまくり上げてしまった。

「ねっ、これならばっちりよ！　タイツの上にはいてきたんだし、汚《きたな》くないよ。それにほら、きっとあったかいよん」

　わけのわからないことを口走りながら、さっさとガードルを脱いじゃったわたし。お気の毒に、若くてきれいなおかあさん、他人がいままではいていたガードルを両手で受け取ることなんて、きっとこれまでの人生のなかで一度もなかったんだと思う。それでも勢いに押されて、わが娘の足にそろりそろりとはかせている。

（えらいぞ、えらいぞ、その調子！　おっ、なあんと、丈はぴったりじゃん）

　スタッフがすばやくもってきてくれたひもをウェストのところできゅっと縛ると、もう完璧《かんぺき》な七分丈《しちぶたけ》ズボンのできあがり。女の子は、右足、左足と、かわるがわるに床を踏みしめ、新しいズボンのはきごこちを確かめている。

　いまだ目の前で起こっていることが信じられないという様子のおかあさんに、話しかけた。

「あのね、わたしの小学校1年の時の担任の先生はね、いつも学校にパンツを2枚重ねてはいてこられていたの。そしてね、生徒がうっかり失敗した時には、『だーい

じょうぶ、パンツならまーだまだありますよー』ってね、ユーモアたっぷりにご自分のパンツをはかせてくださっていたのよ。なんだか、それがとってもたのしくてね、失敗した悲しみがふっとんじゃう感じ」

気持ちを切り替えてもらおうと伝えた思い出話も、こわばったおかあさんのこころには届いているような、いないような……。

（そうだっ！）

またまた、ひらめいてしまった。通りの角の薬局に行けば、パンツ型の紙おむつを売っているんじゃないかしら。この際《さい》、紙おむつも、やむをえない。ガードルだけじゃ、まだスースーするもんね。

景気よく飛びだしたのはいいが、いざ薬局に入ると、サイズをたずねられ、えーと、えーと……、おまけに手ににぎっているのは千円札1枚。いまどき、ひとかかえもある紙パンツのセットは、千円じゃ買えないんですねぇ。けれど、そこはへこたれず、かくかくしかじかとわけを話して拝み倒し、なんとか、立派なパンツ型紙おむつを手に入れた。

さて、パンツもズボンも見事にそろった（!?）女の子のキモチの仕上げは、やっぱり絵本『ぷくちゃんのすてきなぱんつ』（ひろかわさえこ／作）でしょう。

わたしのガードルをおしゃれに着こなした女の子をひざにのせ、たのしくゆかいに読みあった。表紙裏の見返しにずらり並んだぷくちゃんのパンツ、「どれが好き？」とたずねると、かわいいことに、たったいま自分がはいた紙パンツと同じ、うさぎ模様の白いパンツを指差してくれた。

「おかあさん、見て見て。おじょうさんのは、ぷくちゃんとおそろいパンツよ」

とほほえみかけると、やっとおかあさんにも、かすかな笑顔。

そのあと、このおかあさん、どうしたと思います？　自分のはいていた水玉模様のくつしたをそっと脱いで、娘のちいさな足にはかせたのだ。まあ、そのときの女の子のうれしそうな顔といったら！

自分のぶっかぶかの足元を見つめ、

「ママちゃんのおっきー、おっきー」

いくらまわりのひとに面倒をみてもらっても、おかあさんが緊張していたら、子ど

もはそのことが気がかりで、こころが解放されない。パンツよりもズボンよりも、おかあさんが脱いではかせてくれた、この大きなくつしたが、いちばんあったかいんだな、としみじみ。

このあと、ちいさなパンツ姫はごきげんで、「ぷくちゃんシリーズ」をぜーんぶおかあさんにリクエスト。おかあさんも、ひざにのせた娘との読みあいのなかで、次第にやさしいゆったりかあさんに戻っていったようだ。

ふたりをお店から送りだしたあと、いろんなことを思った。もしかしたら、1日のほとんどの時間を、子どもとふたりぼっちで過ごしているおかあさんなのかもしれないな。助けたり助けられたり、おせっかいをやいたりやかれたり、そういうひとの息が交差するような場所から離れたところで子育てをしているのかもしれないな。もしそうだとするならば、今日の「おしっこ、じょじょじょじょじょじょーん」は、失敗なんかじゃないよね。ちいさく固まりかけた子育て空間を溶《と》かしてくれる、ちょっと臭《くさ》くて、なまあたたかい魔法の水だったのかも、ね。

子育てのしんどさを、しゅぱっと脱ぎ捨てることができる瞬間があるんだよね。
あんがい、傍《かたわ》らにいる子どもがつくってくれたりして。
ふふっ、とりあえず、さらっとおやつでも、つくりましょ。

おかわりんごのサラサラ焼き

1 リンゴを皮ごと、うすい輪切りにします。

2 オーブントースターに並べて焼きます。

3 1枚食べては「ふんっ、まだまだ甘いね」とうそぶきます。もう1枚、もう1枚と食べていきます。お好みでシナモンなどを振りかけて、1枚ずつを「なかなかやるな」とたのしみましょう。

9.

めまいの季節

朝起きたら、あらら、天井がぐらんぐらん。立とうとすると、おーっとっとっと。足元が揺れて、海の上で波をかぶった感じ。

「メニエール病です。しばらく安静にしていなさい」とお医者さんに言われて、

「えー、なにもこんな忙しい時に」と叫んだら、

「なにもこんな忙しい時だから起こったのです」とにらまれた。

「いいですか、今度ばかりは、気力で乗り切ろうなんて思ってもだめですよ！」

うーん、さすが、いつも迷惑かけているだけのことはあって、よおくご存じ、といちおう厳粛《げんしゅく》にうけたまわってはみたものの、やっぱり、約束の仕事をキャンセルするわけにはいかない。週末には、薬の小瓶《こびん》をクーラーボックスに入れて、東京行きの

飛行機に乗ってしまった。

迎える側もつき合いが長いので、わたしの人騒《ひとさわ》がせには慣れたもの。仕事先から歩いて行けるクリニックに、めまいどめの点滴《てんてき》の予約をちゃーんと入れておいてくれた。ありがたやありがたや、と仕事を終えたわたし、なだれこむように、クリニックの扉をたたいた。

さて、めまいぐるぐるで「はよ点滴してぇー」の心境であったが、そこはやはり都会のクリニック、一から出直しのていねいな問診《もんしん》がくりひろげられた。

「はいっ、いいですかぁー、この指の先を目で追ってぇー」

(追えるわけないだろー)

「おーっと、気分わるいですかぁ」

(わるいって言ってるじゃん)

「じゃあ、今度こっち側いきますよぉ」

(いかなくていいよぉー)

この拷問《ごうもん》のような問診の間、わたしの傍《かたわ》らに立って、左足を一歩前に出し、腕組み

しているスリムな看護師さんがいた。茶髪でピアスがキラリ、黒々としたマスカラにくっきり細い眉《まゆ》。と～ってもおしゃれなんだけど、なんだか、肩で着こなした白衣姿が不思議《ふしぎ》な違和感をかもしだしていた。

「じゃあ、きみ、これ、お願いね」

さんざん、めまいの実験を試《ため》したあとで、お医者さんは、カルテをそのおしゃれな看護師さんに手渡した。

「んじゃ、こっちきて」

彼女は、シャープなあご先で、わたしを誘った。よたつきながらついていくと、奥まったちいさな部屋のちいさなベッドに寝かされ、

「んじゃ、ちょっとまってて」

と、ひとり取り残された。

もともと時間外の診察で、人影もまばら。ここで助けを呼んだって、だあれもこないぞぉ……なんてひそかに考えていると、

「おまたせっ」と例の看護師さんが戻ってきた。

見上げると、わたしが地元で受けていた点滴とは、ラベルも大きさも全然ちがう。まさか、ひょっとして……と、あらぬ不安が頭をよぎる。でも、いらないことを言って、むっとされたら、針をつき刺されるかも……。それに、仕事終了間際《まぎわ》の患者に、デートの予定を狂わされて、いらいらしてたりすると、やっぱり点滴をまちがえるなんてことも……。決心して、おそるおそる話しかけてみた。

「あのー、聞いたってわからないとは思いますが、後学《こうがく》のために、その点滴の中身を教えてもらえませんか？」

青いまぶたに飾られた瞳《ひとみ》が、きゅうっと見開かれ、

「ああ、これね。めまいどめと吐《は》き気《け》どめが入ってるのよ。だいじょうぶ、けっこう人気あんのよ、これ」

「だいじょうぶ」の根拠って、人気なわけぇ？　謎《なぞ》は深まるばかり。いよいよ彼女は、わたしの腕に針を刺す姿勢に。

（あー、たすけてぇー……ん？）

しゅうっと1回で、血管は探《さぐ》りあてられた。そのあとの手早さもお見事。点滴の速

度調整もこだわりなく、とっとと速い。

「じゃあ、ちょくちょく見にきますから、安心して休んでね。だめよ、緊張しちゃうと」

にっ、と笑って、彼女は立ち去った。

なーんだか、意外性の固まりみたいな女性だよなあ。仕事ぶりが切れるっていうか、こだわりがないっていうか、ここにいるべきひとじゃないような……などとぐるぐる考えていたら、とうとう彼女は一度も顔をのぞかせず、その間も点滴はとっとと落ちて、あっという間に、もうあとちょっと。

恥ずかしい話だが、わたしは、この点滴の液がなくなる瞬間を受け入れるのが非常に苦手なのだ。チューブを伝って最後の液がすうっと下るのを見ていると、全身に恐怖が走り「たーすけてぇー」の心境。空気は入らない、と理屈ではわかっていても、怖《こわ》いものは怖いのだ。

「終わりましたぁー」

返事がない。

「かんごふさーん、点滴終わりましたぁー」

なんの気配もなし。

「か、かんごふさぁーん、かんごふさぁーん」

もう必死で呼ぶわたし。とうとう最後には、ひきつった大声で、

「だーれかぁ、たーすけてぇー」

すると突然、青いまぶたの彼女、ぬっと登場。なにも言わず、あっという間に、点滴のあれこれを始末してくれた。

ああ、きまりわるし。でもさぁ、いくら呼んでもきてくれないもんだからさぁ、やっぱりほら不安になるじゃない……と、こころのなかで愚痴《ぐち》っているわたしの顔にぎゅっと顔を近づけて、

「だいじょうぶよ。ちゃんと、空気は入んないようになってるからね。でも、そう言われてもやっぱ、心配だよね。気持ち、わかるよ」

妙《みょう》に、胸にきゅんとくることばだった。

空っぽの点滴の袋とチューブを抱えて去る間際、彼女は言った。

「タオルケットとか、たたまなくてそのままでいいからね、ゆっくり起きなよね。あんたなんか、いいほうだよ。前にきたひとなんか、めまいでばたっと倒れた拍子《ひょうし》に前歯折っちゃってたんだから。今度また東京で気分わるくなったら、無理せずにすぐおいでよ」

そうか、前歯を折った患者さんに人気だったんだ、さっきの点滴。途切《とぎ》れることのない彼女にとっての医療現場が、じんわりと浮かび上がる。

ひとは見かけによらぬのではなく、ひとは見かけの裏側で、そのひとなりの人生をつむいでいるようだ……などと、人気の点滴のおかげで考え至ったのでした。

「病《やまい》は気から」っていうけど、
その気の手当てをしてくれるとうれしいよね。
さ、とりあえず、気の利《き》いたおやつでも、つくりましょ。

みかけによらぬ、むにゃむにゃムニエル

1 バナナを半分に割って、魚の気分。
2 小麦粉とシナモンをまぶします。
3 フライパンにバターを溶《と》かし、
魚気分のバナナをのせて焼きましょう。
目がまわるほど、おいしいよ～。

10.

はみでる思い

京都に着いて、ありゃっと思った。山口は雨降りだったので、足元は長靴。明日の講演会、カバンにワンピースを入れてきたけれど、長靴ではちょっとねぇ。絵本やらパペットやら、あれこれいっぱいつめこんだ大きなカバンを引きずりながらデパートへ。

それにしてもデパートの靴売り場って、どうしてシンデレラの靴のように、気高《けだか》く掲《かか》げるディスプレイをするんだろうか。ちらっ、ちらっとシンデレラの靴に目をやる。うーん、立派なお値段……と逃げ腰になった瞬間、

「お気に入ったものがありましたでしょうか?」

満面《まんめん》に笑《え》みを浮かべた店員さん。まぶしいほどに若い。

「あ、ええ、まあ」

「よろしかったら、お試《ため》しください」

「あ、うん、まあそうなんだけど……」

「かかとの低いフラットな靴がよろしいんでしょうか?」

(やだ、わたしの目線をとらえてたのね)

「お色は……こういったものを?」

(やだやだ、あたしがさっき、ちょっと目をとめてたやつだ)

値段を見て、さよならしたはずの茶色い靴が、足元に置かれる。強引さにいや気《け》がさして立ち去るかどうかの、ぎりぎりの状況。「あのねぇ」と文句《もんく》を言いかけて、はっと見ると、その店員さん、靴の傍《かたわ》らにしゃがんで片ひざを立て、にっこりとわたしを見上げている。

ああ、靴を勧めるときのマニュアルどおりのポーズ。それが非人間的でつまらない時もあるけれど、彼女の場合は、マニュアルのなかにはめこんでも、その枠《わく》からはみでてしまう素《す》の笑顔がなんだかいじらしくなった。

「どうぞ、このストッキングをお使いください」

と言いながら、すばやく新品のストッキングの袋を破り、はきやすいようにたたみ直している。

（しゃあないなぁ。まあ、それじゃ、はいてみるだけ……）

「うーん、ちょっと横幅がきついかなあ。これって、はいてると伸びる？」

「えーと、そうですねぇ、たいへんやわらかい革ですから、ある程度は。でも、毎日はいていただいたとしても、1週間くらいはかかるかもしれません」

「じゃあ、明日まる1日はくのはきついねぇ」

「ああ、それは……そうかもしれません。明日が、重要なのですね」

「はい。明日が問題なのです。出張中なのでねぇ」

「なるほど……」

　考え込んでしまった彼女に、これでさよならかな、と思っていると、

「では、ちょっとおまちいただけますか。ひょっとしてと思うので、ひとつ大きいサイズをお試しください。すぐ、すぐ探してまいります」

「すぐ」を2回強調するあたり、逃げ腰なわたしの気持ちを読み取っているみたい。

なんだかそのすぐがおかしくて、またもやさよならの機会を失ってしまった。

「おまたせしました。いかがでしょう」

戻ってきた彼女は、さっきと同じく、片ひざを立ててしゃがみ、靴をそおっと置いた。今度は、にっこりではなく、わたしの足が靴にすべり込む様子を、かたずを呑《の》んで見守っている。「どうぞ、ぴったり合いますように」という彼女の祈りの声が聞こえてきそうだ。

今度は横幅はぴったりだが、丈が長すぎてぷかぷかする。

「ちょっと大きいね」

「ああ、ほんとにそうですね」

これで終わりだなぁと思っていると、

「もしも、もうちょっとお時間をいただけましたら、ちょっとした方法があるのですが。お試しいただけませんか」

うーん、ねばるなぁと思うものの、さしていやな気がしない。秘策とやらをまちながら、なんでかなぁと考えていた。

「これで、いかがでしょう？　もう一度はいてみてください」

靴底に敷《しき》パッドを入れたらしい。はいてみると、まだちょっとぶかぶか。

「では、これでいかがでしょう」

厚みのちがうパッドを次々と入れ替え、わたしの足に合わそうとしている。

（けど、なんでここまで調整してこの靴を買わなきゃいけないんだろ）

つい笑ってしまった。

「お客さま、どうしました？」

彼女はびっくりして、さっきの片ひざ立てのまま、わたしの顔を見上げている。

「いや、ごめん。あなた、熱心だなぁと思って。それに、靴と足のかたちのことも、よく勉強しているなぁと思って」

彼女の顔がぱあっと明るくなった。

「ほんとですか？　ありがとうございます。でも、もっともっと勉強しなきゃ、まだまだなんです」

「デパートで販売部門に就職する学生、けっこういてね、今年も、化粧品、洋服、食

料品、去年は靴売り場にも採用されたのよ。つい、あなたとだぶって見えちゃって」

「えっ、先生なんですか？　実はわたしも、今年の春採用されたんです」

「靴のこと好きみたいだね」

「はいっ」

この「はい」には彼女のすべてが込められているようで、きらきらしていた。

「靴部門で働くのが夢だったんです」

思わず語ったことばに、彼女は、自分がこの場所にいることの原点を呼び覚《さ》まされたようだった。

そのあと、彼女がわたしの傍らで提供してくれたサービスのあれこれは、さっきまでよりもすこうし慎重で、そこには必死さの陰でなりをひそめていた、相手を感じようとするこころが生まれているようだった。それから、センセイにワタシを見てもらっている、甘いこそばゆさもちょっぴり。

好きなもののそばにいられるよろこびは、マニュアルのなかにあっても、そこからはみでて、他者に伝わるものらしい。でも、あふれる思いゆえに、ときおりそれは無軌道《むきどう》・無節操《むせっそう》にもなりかねない。しあわせのなかにいるワタシを映《うつ》してもらえる手鏡をひょいと差しだしてくれるのは他者なのだということ（今回は、客のわたしがそうだったみたいに）。教えたい時には、すでに学生たちも羽ばたけり。そんな感傷《かんしょう》にひたっているうちに、わたしのお財布《さいふ》からは大金が羽ばたけり。

　大荷物の上にさらに紙包みを加えて、よろよろと立ち去ろうとすると、

「先生、これはわたしの名刺です。もしまた京都にこられて、靴のことでお困りになることがあったら、わたしに……」

「わたしに」とまで言って、急に疑わしく恥じ入る気持ちが生まれたのか、下を向いてはにかんだ彼女。

　京都駅構内にある某デパートのアダチさん！　みなさんも、靴でお困りの際《さい》は、バッグに手鏡ひそませて、ひょっこり会いにいってあげてくださいな。

デパートで「わたし」と「あなた」の関係をつくるチャンスって、少ないよねぇ。
まぁいいわ、とりあえず、おしゃれなごはんでも、つくりましょ。

甘いわたしのクックツ煮

1 ニンジンを靴のかたちに切りましょう。
2 ニンジン靴を軽くゆでて、
3 おなべに野菜ジュースをそそぎ、そのなかにニンジン靴を並べて、上からジャムをのせて、
4 クックツ煮てから召し上がれ。

11.

うれしいお店屋さん

地元山口県の下関《しものせき》で、恒例《こうれい》の〈子どもフォーラム〉が開かれた。

小児科のお医者さんや保育士さん、学校の先生や子どもの本屋さん、フリースクールの先生などなど、この地域で子どもにかかわる仕事をしているひとたちが、毎月集まって勉強や情報交換を行い、ネットワークづくりをしているのだが、毎年1回、準備を重ねてイベントを開催している。

このフォーラムの目玉は、子どもたちが企画運営するフリーマーケットだ。お店のチラシづくりから品揃《しなぞろ》え、そして販売、収支決算まで、子どもたちが自分の力でやってのける。大人はほとんど見守るだけ。

開店から張りきって呼び込みをする元気なお店もあれば、ていねいに準備された品物に埋《うず》もれるようにして、ひたすら来客を祈るようにまつお店もある。「安いですよ、安いですよ」と連呼《れんこ》するお店もあれば、「おねがい、ねえ、1個でいいから、なんか買って」と、お客にねだってくるお店もある。

なかには、大人たちの講演会が終わるのをまちかまえ、すばやく目玉商品を抱えて、本日の講師に販売交渉に出るちゃっかり者もいた。みんなの手前、講師はにこにこ顔で買わざるをえない。ほかにも、ふたり組の大人に向けて「どちらのひとでもいいから、ひとつ買ってくれませんか」などと、ちょっとした心理作戦を展開するつわもの商人もいる。

まあそれでも、大人の客の数はたかが知れていて、やっぱり子どもたち同士の売買が中心だ。真剣なやりとりが飛び交うのを見ていると、なんだかうれしくなってしまう。

さて、店の営業時間の終了が近づいてくると、子どもたちの呼び声も迫力を増してくる。どの子も、もうじっとしていられなくて、会場のあちこちを歩きまわり、「どうですかぁ」「もうこれきりですよぉ」と、なかば投げ売り、たたき売り。ついつい

わたしも、こころくすぐられ、あれこれ買ってしまう。

最後の最後に、すみっこのほうで6歳くらいと5歳くらいのふたりの兄弟が商《あきな》いしているお店で、売れ残った茶色のセーターを手にした。値札は300円とついている。

つい、駆け引きをたのしむつもりで、

「まけてもらえませんか？」

とたずねると、弟のほうが、

「はい、まけます、まけます」

「じゃあ、いくらにしてくれるんですか？」

「えーと、えーと」

助けを求めるように兄ちゃんのほうを向くが、あいにく兄ちゃんは別の商談にかかりきり。

「じゃあ9円にします！」

「えっ、9、9円？」

あまりのまけっぷりのよさに、こっちが動揺してしまった。

「そりゃあ、ちょっとあんまり……じゃあね、100円にまけてください。100円でおねがいします」

すると、この若い商人は、ちょっと首をかしげてまたまた考え込み、

「じゃあ、もう、100円でいいです」

「10円より安ければ、うんと安い。これでいこう」というすばらしい決断を修正されて、不本意《ふほんい》だったにちがいない。わるいことしたなあ。

ともあれ、取り引きを成立させたちいさき商人は、自分のからだよりも大きいセーターを床にひろげて、一心にたたみはじめた。まず右の袖《そで》、そして左の袖。半分に折って、また折って、両手のひらでパンパンパン。平らにきれいにたたんだセーターを、ひろげたビニール袋のなかに慎重《しんちょう》にすべり込ませ、にこっと満面《まんめん》の笑《え》み。

その手つきを見ていると、ああ、きっと、何度も何度も、この手順を家で練習してたんだなぁ、とわかった。品物をいかに売り込むかという方法よりも、買ってくれたお客さんにどんなふうに「ありがとう」の気持ちを届けるか。それをきちんと教えたご家族はえらいなあ、としみじみ思った。

そういえば、わたしがまだちいさかったころ、和菓子屋を営んでいた祖母が、教えてくれたことがある。

当時、お店では、量《はか》り売《う》りの菓子を売っていたのだが、祖母は、

「『おまけしますよ』と宣伝して買ってもらうのは、ほんとのサービスじゃないよ。150グラムと言われれば、『はい150グラムですね』と言いながら、黙って10グラムおまけするのがサービスだ」

と、口癖《くちぐせ》のように言っていた。

あとから黙ったままで、はかりの上にのっけられる10グラムかそこらの菓子。そのひとにぎりの菓子に込める、買ってくれて「ありがとう」の気持ち。長い間、忘れていた気がする。

子どもは、あそびのなかでいろんなことを学んでいく。わたしにとって、和菓子屋の手伝いもまた、今回のフリーマーケットと同じようなあそびだった。あそびとは、子どもにとって、世界と向き合う基本ルールを身につけていく、ていねいな場所なのかもしれない。

おまけって「御負け」って書くのよね。
攻《せ》める以上に、引くことって大事なんだよなぁ。
じゃあまぁ、とりあえず、おまけのおやつでも、つくりましょ。

おまけのそっとクリーム

1 クリームパンやケーキのクリームが、
ちょっと多いかな？　と感じたら、

2 スプーンでちょこっとすくって、
ラップにくるんで冷凍庫へ。

3 プリンや食パンやイチゴを食べる時なんかに、
「そうそう！」と思いだし、凍らせていたクリームを、
そっとのっけて、うれしく食べましょう。

12.

空《あ》いた場所

息子が留学先のニュージーランドで高校を卒業して、戻ってきた。

連れ合いがその息子を連れだし、ふたりして飲んだくれて、意識もうろう。乗って帰ってきたタクシーにも気配りがなく、パッカーンとドアを開けたもんだから、ドアにもたれかかっていた息子は転がり落ちて、家の前の溝《みぞ》にまっさかさま。あやうくいのちを落とすところだった。迎えに出たわたしが溝から引っぱり上げ、必死に家に引きずり込むと、げーげーげろげろ。

「おい、ばか息子、しっかりしろ!」

とバケツ抱えて叫ぶわたしの横を、連れ合いはなんと、鼻歌まじりに、千鳥足《ちどりあし》で横切っていったのである。

（い、いま、なんか、クマみたいなもんが、横切った!?）

次の瞬間、怒りが全身に込み上げてきた。

なにしろ次の日から、家族そろって2年ぶりに、栃木にある連れ合いの実家へ出かけることになっていたのである。乗っていくはずの車は、街に置いてきた。運転手は酔っぱらい。同乗者も、酔っぱらいのげろげろげー。準備もへったくれもありゃしない。その晩書いていくはずだった原稿も棚上げで、急性アルコール中毒者の介抱《かいほう》に夜が更《ふ》けていく。

（ようし、家出してやる！）

娘に相談すると、「それがいい、それがいい」と、大乗り気。

真夜中、ふたりしてインターネットで、ホテルを探しはじめた。

「かあさん、どこへ行く？　九州？　沖縄？　あ、五島《ごとう》列島とか、なんか、いまの心境にぴったりじゃない？」

娘の興奮にうなずき返しながらも、どこかで、交通費を計算しているわたし。

「えーと、広島あたりは？」

「えー、でも広島なんか、いつでも行けるやん」

「まあ、そうやけど、近場で豪遊したほうがかしこくない？」

もともとかしこかったら、こんな行動に出るわけないのだが……。

結局、広島駅からタクシーで5分というシティーホテルに、インターネットの割引価格で予約をしたのが、家出決行5時間前のこと。

さて、朝6時。娘とふたり、適当に荷物をつめ込み、家を出た。

「わたし、ちゃーんと置き手紙しといたから」と娘。

「えっ、なんて書いたの？」

「そりゃあ、ぐっとくるセリフよ。そいで、最後に『明日の夜には帰る予定です』って」

「予定ってのはヘンよ。これ、家出だもん。そこ、消しといてよ」

ふたりで、こっそりあともどり。そのついでに、あいつら、保険証の置き場所も知らないよなと、病院の診察券と保険証も置き手紙の横に並べた。

さて、これで完璧《かんぺき》と、ふたり意気揚々《いきようよう》と新幹線に乗り込んだ。

広島駅に着いて、タクシーに乗り込むはずが、いざとなると……。

「ねえ、まあちゃん、チンチン電車に乗る？　荷物もそんなにないし、それにほら、旅らしいし……」

「やっぱねぇ、タクシー乗るわけないと思った」

ホテルに着いて、さあショッピングに出かけようという約束だったのだが、わたしは徹夜の看病がたたって、歩く元気もない。

「ねえ、まあちゃん、ひとりで見てきて。かあさん、ちょっと眠っていい？」

「やっぱねぇ、いいよ、あたし、ひとりで見てくる。おいしいもの買ってきたげる。ちゃあんと、こづかいもって出てきたから」

娘がバッグから得意そうに取りだして見せたのは、〈お仏壇の作文コンクール〉でもらった懸賞金。仏壇に飾ってあったのを、ちゃっかりもってきたらしい。

数時間後、娘に揺り起こされた。目の前には、デパートのビニール袋から取りだしたグリコのアイスクリーム。

「デパートの地下って、ほーんと、庶民の食べものってないよねぇ。これ探すのひと苦労やった」

ふたりで分け合ってそのアイスを食べ終わるころには、からだが冷えびえ。

「んじゃ、ごはん食べに出かけようか」

と言い終わった直後に、携帯電話にメールが入った。

「おかあさん、おとうさんからだよ」

「ほっときなさい」

「『すみませんでした』ってさ」

「よく言うわ」

「『念のため、息子を病院に連れていきました』って」

「いまごろ、なにさ」

「あのね、『お金振り込みましょうか?』だって。どうする、振り込んでもらう?」

「ばかっ、けっこうよ!!」

言いながら、ほんとに、ばからしくなった。

なにもかもがすっとぼけのおたんちんの連れ合いと、そのすっとぼけに腹を立てているわたし。振りまわされている娘と息子。

ああ、ずうっと、わが家はこんなふうで、おたんちんとすっとぼけでできていたんだった。なんだか、おかしくなって、おかしくなって、笑って笑って、そのうちその笑いが涙に変わり、わーんと泣いた。

泣きながら、ほっとしている自分を見つけた。行き場のない怒りにつき動かされ、生まれて初めての家出を決行し、自分がどこに行き着くのかわからなくて、自分の感情がどこへ流れていくのかも見えなくて、ほんとはすごく不安だったのだ。そんな自分に気づいてあげることができた安堵感《あんどかん》だった。

すっとぼけたかたちに空《あ》いた穴は、やっぱり、すっとぼけたかたちでしか埋《う》められないってことかもしれない。

結局、次の日に広島まで男ふたりが迎えにきて、1日遅れで栃木へ出発するということで決着がついた。

家出記念のディナーは、デパートのレストラン街での中華食べ放題。娘とふたり、食べて食べて、その日の最後の客となるまで食べ続けた。

翌朝、まだアルコールの抜けきっていない青い顔のふたりと、中華の油で胸焼けし

た青い顔のふたりが合流し、とりあえず、わが家の車の空いた席は、埋まったという
わけ。やれやれ。

せっかく家出したのに、家ですることとたいしてちがわないなんて……とほほ。
まぁいいわ、気を取り直して、刺激的なごはんでも、つくりましょ。

おこげのペチペチ焼き

1 残りごはんをラップで包んでまるめ、ペチペチたたきます。
2 ごはんがぺったんこになったら、ゴマ油をひいたフライパンで焼きましょう。
「おのれ、ゴマかす気だな」と、ペチペチごはんをたたいてもよろしい。
3 しょうゆと砂糖とちょっぴりのお酒を混ぜて、ごはんの上からかけます。
4 ジュージューいっても、こげめがつくまでペチペチたたくと、
しだいに味がしみてきます。
5 フーフー、ブツブツ言いながら食べましょう。
さらなる刺激がほしい時は、唐辛子《とうがらし》をぴりぴり振りましょう！

13.

託児《たくじ》はえらい

勤める大学に、新しく〈子ども学部子ども未来学科〉という学びの場ができる。児童文学作家の角野栄子《かどのえいこ》さんが、その応援団としてまっさきに名乗りをあげてくださった。それがご縁で、キャンパスでの角野栄子さんの講演会が実現した。子ども学部とともに付属幼稚園も新しく出発することから、在園・未就園問わず、ご家族を積極的に講演へお誘いすることになった。それゆえの、村中託児《たくじ》デビュー!!

子どもたちのいる場所を訪ねることはたびたびあるが、自分がお預かりするのは初めてだ。一緒に子どもたちを迎える仲間は、〈人間関係トレーニング〉という授業に参加している学生たち15名で、まがりなりにも1年間、福祉施設での実習を重ねてきているわけだし、だいじょうぶさっ、と思っていた。ただし、託児の部屋が、大学の由緒《ゆいしょ》ある同窓会室であるということが、若干《じゃっかん》「お気をつけあれ」という点ではあった。平日で、ひろい場所がキャンパス内にはほかに見あたらなかったのである。

さて、学生たちと準備をすることに……。

「せんせー、受付ってどうやるん？　靴とかって子どものはちっこいよねー。わからなくなるとやばいよねぇ」

「おむつとかミルクとかのバッグも預かるんかねぇ」

「いちいち名前とか書くん？」

「あー、あれがいいんやないん？　ほら居酒屋とか行ったら、番号札とかくれるやん」

「子どもが番号札もらってどうするん？」

「洗濯ばさみに番号札つけて、バッグと靴と本人と、通し番号にしようやぁ」

「子どもに洗濯ばさみつけても、はずれるやん」

「子どもには、ガムテープに名前と通し番号書いて、かわいく背中に貼《は》ろうやぁ」

「ガムテープのどこがかわいいん？」

「ねえ、それより、おもちゃ買いにいこうやぁ」

「学校にパペットあるやん」

「ヘビとか、怖《こわ》がって泣くかも」

「あ、寝てしもうたら毛布がいるやん」

「うちにあるの、もってくる？」

「何人ぐらい寝るんやろ」

まあ、脱線すること脱線すること。わたしはというと、いざという時はおんぶよね、とおんぶひもを町で探したが、あら、これがほんとに見つからない。だっこと兼用でかさばるやつ、リュックのような背負子型《しょいこがた》……ふつうのおんぶひもはどこへいっちゃったんだー！　などと考えている間に当日となった。

床を汚さぬようにとビニールシートを敷《し》き、ふすまというふすまを全部はずし、さぁ、託児さん、いらっしゃーい。

するとまあ、どうでしょう……とにかく、みんな、泣く。引きちぎられるように泣く。その泣き声のすごさといったら、学生たちは、しばしその音量に呆然《ぼうぜん》としている。これまでおかあさんと、ひと時たりとも別れて過ごした経験のない子がほとんどだったのだ。

おかあさんも離れがたく、受付のところでぐずぐずしていたりする。なかには、

「やっぱりここじゃ、この子には無理です」

と、子どもと一緒に去りゆこうとするおかあさんもいる。あわてて追いかけ、

「だーいじょうぶです。このぐらいのエネルギーがあれば、じきにさみしさなんか、ふっとばせます。おまかせください！」と胸を張って、子どもを抱きとる。

「そうですかぁー」と、まだ不安げなおかあさん。

「だいじょうぶ、だいじょうぶ」と、わたしたち。

でも、そうやすやすと「だいじょうぶの神様」になんか、なれなかった。ほんとに、力の限り泣き続ける。もう、泣きやむのがくやしいというくらい、意地《いじ》になって泣き続ける子もいる。

しかし学生たちは、次第に頭でなく、からだで、その子の哀《かな》しみというか、憤《いきどお》りみたいなものに寄り添っていく。泣きやませることから離れ、泣かずにはいられない気持ちの隣にいようとする。

からだのどこかをくっつけて、その子が泣きながら見つめている先を一緒に見つめ、いてもたってもいられないちいさなからだと一緒に、あっちこっちを行ったりきたり。子どもたちの哀しみをぬぐいさる前に、子どもたちの哀しみに共鳴《きょうめい》しようとしているのだ。

いちばん激しくもだえ泣き叫んでいたトモくんを引き受けたのは、ルリコ。いつもはダンスに興《きょう》じるクールな20歳だが、叫び声がどんなにでっかくてもちっとも動《どう》じず、ゆうらりゆうらり、キャンパス中をトモくんを抱いて歩いていた。

ふと、トモくんの目に、天井からぶら下がるガラスのオーナメントがとまった。ルリコは踏み段をもってきて（ほんとは足で引きずってきて）その上にのぼって、ふたりでガラスのきらきらを指ではじいてあそびはじめた。壊すんじゃないかと、わたしはひやひやだったが、トモくんも彼女もいっこう気にする様子もなく、きらきらまぶしくあそび続けた。もちろんじきにトモくんは、そうだ忘れていた、いまは泣いている途中だった、というように再び叫びはじめたが、ルリコはがっかりするでもなく、そうだったね忘れてたね、とほほえんで、また歩きはじめた。

ほかの学生たちも、「いやー、実習の時とは勝手がちがうわ」と体力を限界まで使いながら、でもなんとか子どもたちの親離れのもがきにつき合っていた。

「おかあさんたち、これから2時間の間に起こることをちゃんと説明してきてなかったんかもねぇ」

「自分がこれからどうなるのか、理解できんのがいちばん不安なんや」

学生たちは徐々に、いま、このちいさいひとたちに起きていることを、このちいさいひとたちの論理にそって理解しはじめる。

それにしても驚いたのは、おんぶが無理だということ。学生もおんぶができないし、子どもたちもおんぶされることができなかった。そり返ってしまうのだ。まあ、それはそれとして、わあわあがやがや、とてつもなくにぎやかな、預けられるほうも預かるほうも超新人同士の2時間マッチは、ついに終了となった。

充実した時間を過ごし駆け戻ってくるおかあさんたちの、はれやかな笑顔。ぴたりととまる泣き声。安心、安心、大安心の気配が満ちる。

「別れと再会のドラマやねぇ」と、しびれきった腕をさすりながら、誰《だれ》かがつぶやく。

軽い気持ちで預かった子どもたち一人ひとりがたずさえる感情の器《うつわ》。その重さを、みんなで受けとめた、半日だった。

さて、これで、よい勉強になりました、と終わるはずだったのだが……いつもはお茶やお花のお稽古《けいこ》をする部屋のふすまを、ぜぇーんぶ、はずしちゃっていた、てんでんばらばらに。このあと3時間近く、ああでもないこうでもない、いやそっち、あらこっち、とふすまを立てかけ、はめ絵パズル。慣れ親しんだ元の場所に戻れるということが、どんなにうれしくありがたいことなのか、再度確認するできごととなりました。

子どもの涙って手抜きがないのよねぇ。
なめたらほんと、半端《はんぱ》でなく、しょっぱいもん。さてさて、
とりあえず、ちょっぴりしょっぱいひと皿でも、つくりましょ。

涙のカラマルソース

1 タマネギを大泣きしながら、みじん切りにします。
2 ハムまたはベーコンも、急いでみじん切りにします。
3 フライパンにバターを溶《と》かし、
タマネギとハムを半泣きしながら炒《いた》めます。
4 マヨネーズと唐辛子《とうがらし》を入れて、混ぜまぜ。
5 油を切って、なんにでものせて召し上がれ。
トーストにのせたり、レタスにのせたり……。
泣いてたことも忘れちゃうよ〜。

14.

まぶしい季節

息子がようやく日本に戻ってきたと思えば、交代のように今度は娘の留学である。

中学2年生、14歳で留学はまだ早いんじゃないの？　とみんなから言われたし、わたしも高校からでいいんじゃないかと、これまで何度も足を引っぱる発言をくり返した。けれども、娘は、着々《ちゃくちゃく》と自分で準備を整えていった。

小学4年生の時に、アンネ・フランクとの書物を通した出会いがあり、しばらくは、ドイツ、オランダ、ポーランド、オーストリアと、彼女なりの、歴史の流れを確かめる毎日が続き、その後、必然的に、広島、憲法9条、教育基本法へと、学びのまなざしは深くなっていった。

一度興味をもつと、納得《なっとく》がいくまでとことん追いかけていく、娘の静かで強い好奇

心に、小学生時代は「かわいげがない」とか「もっと子どもらしくあってもいい年ごろなのに」と水を差されることもしばしばだった。兄が、ひょうきんで屈託《くったく》がなく、みんなを和《なご》ませるのが得意だったために、よく比べられて、頑《かたく》なさをとがめられることもあった。

連れ合いは、そんな娘に向かって、ただひたすら親ばかに徹していた。「まさこ、おとうさんと散歩しようやぁ」「おとうさんと、行こう」「まさこ、まさこ、まさこぉ」と、ひたすら娘かわいい、娘大好きだけを表現し続けた。娘にはむちゃくちゃ甘い態度を、誰《だれ》はばかることなく、堂々と見せつけていた。

「とうさん、おれに比べて、まさこにはめっちゃ甘い！」と息子から抗議を受けてもへっちゃらで、「そう、まさこはかわいいもんなぁ」と、生まれてこのかた、一度たりとも態度を変えることなく、今日まできた。

さて、話は前に戻り、娘が小学6年生の時。

「日本という国と世界との関係を、外から眺めてみたい。日本人だっていうことがどういうことなのか知りたい。わたしは外国の学校で勉強する」

と彼女は突然、言いだした。そしてどうせなら日本と同じ島国に行く、とイギリスとニュージーランドにねらいを定め、それぞれの大使館から資料を取り寄せ、親とは似ても似つかぬ調査力で、あれこれ調べあげていった。

　そのうち、「わたし、まずはニュージーランドに行って、実際にどんな学校があるのか、確かめてきたい」と言いだし、「誰もあんたにはついて行かんよ。ひとりで学校見てまわれるの？」と問いただされても、「だいじょうぶ。なんとかやれると思う」と、へこたれなかった。まあそれじゃあ、気がすむところまでやらせてみるさ、と、のんきさ半分、好奇心半分で、その様子を眺めていた。

　ところが、彼女は知人を頼りに着々と準備を進め、10校を超えるニュージーランドの学校見学をほんとうにひとりでやってのけてしまった。どうせなんにもわかんなくて、泣きごとを言って帰ってくるだろうと思っていたのに、ひとりで乗り込んでいった学校では、その場で自分の伝えたいことをきちんと伝えられるように、事前に辞書と首っぴきでカードにしておいたようだ。相手から言われたことばも聞きのがさないように、ちゃんとテープレコーダーを持参していた。わが子ながら恐《おそ》るべし。

それでもなお、わたしたち夫婦は、中学から留学したいという娘の申し出を断固《だんこ》拒否した。連れ合いはひたすら「さみしいからだめ」。わたしは、「まだまだ日本にいて勉強できることがあるはず」などともっともらしい理由をつけて反対した。でも本心を言えば、とにかく諸手《もろて》をあげて応援するより、いまはなるべくけわしい障壁《しょうへき》になってやろうと考えていた。

迎えた小学校の卒業式の日。彼女がわたしたちに手渡した手紙には、「家族のことが大好きだけど、わたしはわたしの夢のために、自分の人生を使いたい。わがままだけれど、わたしは、そう決めています」と、濃いえんぴつ文字で記《しる》してあった。

こりゃあ、いつかは……と、ひそかに覚悟《かくご》した。

そして、中1の夏。なにげなく彼女の机の上を見ると、1年前にニュージーランドでひとり奮闘《ふんとう》して集めてきた、いろんな学校のパンフレットが積み上げてある。ああ、そんなこともあったねぇと、いちばん上の1冊を手に取ってびっくり。なんと、すべてのページに、コピー用紙がはさみ込んであったのだ。コピーされた英文には、単語一つひとつに、ミミズのようにのたくった文字で、もらすことなく日本語訳がついていた。どのパンフレットにも、どのパンフレットにも同じように、ミミズ文字がはさみ込まれていた。おそらく、小学生の当時に取り組んだのだろう。文法なんてわからないものだから、ひたすら、1個ずつの単語に辞書で見つけた日本語をあてていったのがわかる。

ああ、ここには、ミミズなりの夢がいっぱいつまっている。もう、ミミズの夢をここから外へ出してやろう、と思った。連れ合いより先に、わたしが折れたのだ。

さてそれから、あれやこれやの波を乗り越え、とうとう留学の出発前夜を迎えた。

「おとうさんは、さみしいよぉ。すぐ帰ってきていいぞ。がまんしなくていいし、がんばらなくていいぞ」

と、連れ合いは、まだめめしいことを言っている。すると娘が、食卓に箸《はし》を置き、

「とうさんありがとう。ずうっとそう言い続けてくれたね。ずうっと、わたしのことをかわいいと言い続けてくれてありがとう」

と、実にさわやかに、自信に満ちた声で言ってほほえんだ。

夜遅く、連れ合いがつぶやいた。

「どうも、おれの14年越しの作戦、見破られたみたいだなぁ」

この子はおおかたのことは自分でやってのけるだろうから、自分が愛されるに足りる充分な存在なのだということだけくり返し伝えていこう、と父親としてこころに決め、ここまできたらしい。

「へぇー、いちおういろいろ考えて子育てしてきたんだ」

とからかうと、大まじめに、

「あったりめぇだ」と胸を張る。

旅立ちの朝。娘は、なにひとつ迷いのない笑顔。

「じゃあ、行ってきます!」

大きなスーツケースを転がし、きゅっと、ショルダーバッグを左肩にかけると、まっすぐに、右手をあげた。

自分で扉を開ける清々《すがすが》しさに満ちているその姿に、いまこの瞬間、この子の新しい季節がはじまった、と思った。

旅立つ子どもの背中って、親には、まぶしい。
声がかけられないほど、まぶしい。
よしっ、とりあえず、いさぎよいおかずでも、つくりましょ。

きちん、きちん、とチキン

1 ピーマン、ニンジン、タマネギ……これと思う野菜をきちん、きちんと同じ大きさに切ります。5ミリ角でも1センチ角でも、きちんと同じ大きさがミソです。

2 皮つきの鶏肉《とりにく》と一緒に、鶏《とり》ガラスープの素《もと》で、コトコト煮ます。スープは、ひたひたぐらいがいいよ。

3 深めのお皿に移して、冷《さ》まします。きちんと冷やします。ゼリー状に固まり、あらきれい。

4 きちんと切り分け、いさぎよく食べましょう。

15.

よもぎもち、あります

地域のひとと一緒にたのしむもちつき大会を、大学で開くことになった。

「どなたも、食べにきてください。どなたでも、力を貸してください」という呼びかけをしていた。さあ、どんなひとたちが集まってくれるのかなぁ。

当日の朝、ひとりふたりと、いろんな方が集まってきた。そのなかに、重いからだをゆっくり引きずるように近づいてくるお年寄りの姿があった。

「あー、新聞で見たんじゃけれど、もちつきをやるとかいうのは、ここじゃろうか。場所の書き方がわかりにくかったから、わたしゃあ、まちがえて……」

（あれぇ、このひと、どっかで会ったことがある……誰《だれ》だっけぇ……たしか、どっかで……）

どこで会ったかは思いだせないのだが、なんだか胸がぞわっとする。

(たしかなにか、このひとと言い争った記憶が……)

いやな予感を隠しながら会場に案内した。

会場では、もち米を蒸《む》す湯気《ゆげ》が、もう上がっている。すると、しょぼしょぼと歩いていたお年寄りの目が、ぎゅっと、その蒸し釜をにらんだ。

(湯気、もち、湯気、もち……)

「あっ、あっ、思いだしたぁ……おっ、おっ、おじさんだっ」

わたしが声をあげるのと、彼が紙袋から洗いざらした仕事着を取りだし、さっと身につけるのが同時だった。あっという間に「柏《かしわ》もち屋のうるさいおじさん」に変身した。

その店は下関《しものせき》市に昔から続くちいさな製菓店で、名物は、なんといっても柏もち。春の気配とともに、店の前に誇らしげに立てられる「柏もちあります」の幟《のぼり》。店の奥から、よもぎのなんともいえぬ青々とした香りがする。餡《あん》も、実にほっこりしっくりくる深い甘み。ここのよもぎの柏もちは絶品《ぜっぴん》だった。ただ、この店で柏もちを買うには、毎回ちょっとした言い合いを覚悟《かくご》しなくてはならない。

「よもぎの柏もち、6個ください」

「よもぎ3個と白3個にせんかね」

「いえ、わが家はみんなよもぎのほうが好きなんです」

「よもぎばっかり売れると、白ばっかり残る。白ばっかり残るのはさみしい」

そんなこと言ったって、白より、よもぎのほうがいいんやもん。客の好きなように買わせてぇや、とわたしもねばる。おじさん、しぶしぶ、よもぎの柏もちを袋につめはじめる。

「昨日のうちに言うといてくれたら、なんぼでもよもぎを多めに摘《つ》んできて、あんたの好きなだけ、こさえといてあげるのに……」

そう言われても、柏もちは、その日突然食べたくなるんだもん。というわけで、毎回毎回「よもぎのだけ売って」「白いのも買《こ》うて」の言い合い。

とうとう一昨年《おととし》の春、ぷっつんと切れてしまった。もういいや、いりません！　こんりんざい、おじさんの店の柏もちは買いません、とこころに決めた。5月の終わりに、「柏もちあります」の幟が下ろされるまで、やせがまんして、一度も柏もちを買いに行かなかった。

去年、店の前に「柏もちあります」の幟が上がった時も、胸の奥が騒いだが、ふんっだ、行くもんかね、と見ないふりをして通り過ぎた。幟が下ろされるまでの毎日は、そわそわと落ち着かなかったが、結局、去年は1個も柏もちを食べなかった。

そして、その年の秋。突然、菓子店のシャッターが下りた。次の日も、次の日も、シャッターが下りていた。最初は、偏屈《へんくつ》おじさん、風邪《かぜ》でもひいたかなと思っていたが、数日後、店の前に「休業します」の貼《は》り紙《がみ》を見つけたときは、愕然《がくぜん》とした。柏もちを買いに行かなくなったわたしのせいだ、と思った。たかだか柏もち6個か7個買うだけのちっぽけなお客だったのに、わたしのせいだ、と本気で思った。

やっぱり今年も、「柏もちあります」の幟は上がらなかった。

その「柏もち屋のおじさん」が、いま、目の前に立っている。2年ぶりだ。すっかりやせて、ああ、でも、この白い仕事着、まぎれもなく……。

「あんたのこと、おぼえとるよ」

おじさんは、にかっと笑った。

「手伝ってくださるんですか？」

「ああ、そのつもりで、朝からここの場所を探しとった。からだをこわして、店は閉めてしもうたが、まあ、もちをまるめる手伝いくらいはできるかと思うてね」

申しわけなさと哀《かな》しさと、なんともいえない気持ちでいっぱいになっているわたしを置いて、おじさんは、さっさっと湯気の上がるほうへ歩いていった。

途中、きゅっと振り向いて、

「よもぎは摘んだかね？」

「いいえ」と首を振り、「きなこと砂糖としょうゆしか用意してません」と言うと、

「白いもちだけじゃさみしかろう。ほんのこれくらいでも、よもぎを用意せんかね」

おじさんがひろげてみせた手のひらの、節《ふし》くれだった指と指の間に、ふあっと、よもぎの青い束が見えた気がした。

「みなさーん、今日のもちつき大会に、強力な助《すけ》っ人《と》が現れましたぁー。柏もちづくりの名人を紹介しまーす」

あれほど反発していたのに、わたしはすっかり調子に乗って声を張りあげた。おじ

さんは、ただ黙々《もくもく》と、もち米蒸しからもちの仕上げまで、あれこれ手を貸してくれた。

　みんなでもちを食べつくし、いよいよお開きの時間になった。おじさんは、学生たちにも、深々と頭を下げた。

「わたしは、14歳で見習い修行《しゅぎょう》に入り、70歳になる今日まで、ずっと菓子をつくってきました。若いみなさんの役に立つなら、柏もちでもマドレーヌでも、なんでも、わたしが知っていることは、すべて無料でお教えします」

「無料で」と強調するあたりが、やっぱおじさんだよなぁ、と苦笑《にがわら》いしながら、急に泣きたくなった。「もちのことなら、おれにまかせろ」と客にものを言わせない商売をしていたおじさんが、引退したいま、「ものづくり」を手渡す次の世代に向けて、謙虚《けんきょ》に頭を下げている。

　自分を生きるということも、ひととかかわるということも、とだえることのない物語なのだ。柏もち屋のおじさんとの物語を、勝手に閉じようとしていたわたしのために、春の風が、新しいページをめくってみせてくれた、そんなもちつき大会の1日でした。

反発するエネルギーをくれているのは、
まぎれもないあなただった、ってことだよね。、
しみじみしてないでとりあえず、力のつくおやつでも、つくりましょ。

名残《なご》りのよもぎ菓子

1 よもぎを摘んできて、さっとゆでて、しぼります。
2 すり鉢によもぎを入れ、コシコシ。
3 きなこと砂糖とちょっぴりのしょうゆ、これに牛乳を加えて、
フライパンで練りねり……。
4 思いだしたように、よもぎも加わり、さらに練りねり……。
5 適当な大きさにちぎって、ハイ、できあがり。

16.

桜の木の下で

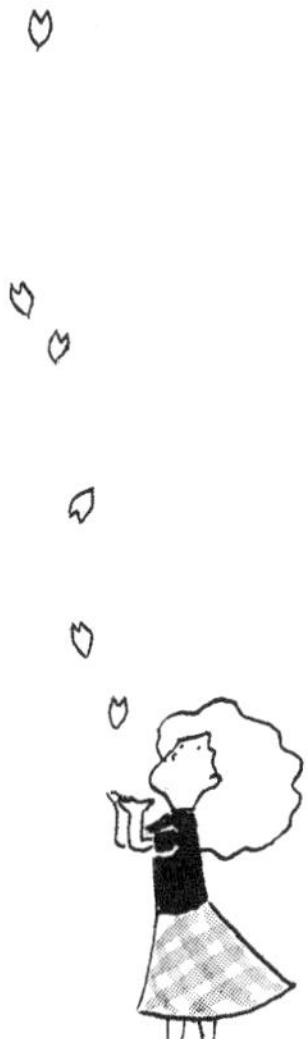

入園式を翌日に控え、子どもたちが帰ったあとも、幼稚園のなかはてんやわんや。

あ、あれがないっ、これがないっ、もってきてぇ、買ってきてぇ、ここ拭《ふ》いてぇと、みんな立ちどまる一瞬さえない忙しさ。

ひとりの先生は明日の式次第《しきしだい》をつくっている。ある先生は、おもちゃ棚にきれいにペンキを塗っている。園長先生は、からだが埋《うず》もれるほどのいっぱいの菜の花を、明日迎える子どもたちのために飾っている。そのそばで、大学から実習にきている学生たちは、さっきまで子どもたちがあそんで泥まみれにした外あそびのおもちゃたちをひとつずつ洗っている。

そして、そんな園の様子を「ふふふっ、それもこれも、なんかいいよねぇ」と見

守ってくれているような新沢《しんざわ》としひこさんの歌が園内のスピーカーからくり返し流れている。

カッパがわらう　けっけらけっけっけ
カッパがわらう　けっけらけっけっけ　（『カッパがわらう』より　新沢としひこ作詞／作曲）

さて、夕風が吹きはじめるころ、園の扉がぎいっと開いて、かなりお歳《とし》を召された女性が、園庭のなかへ入ってこられた。窓拭《まどふ》き用の水を入れたバケツを抱えあげたベテラン先生が彼女に気づき、「あ、こんにちは」と会釈《えしゃく》した。

「やっとくることができました。気になっておりましたが、昨年はどうしても見ることができず……」

語りながら、その方は目を細めて、園庭の奥に立つ1本の桜を眺めやる。

「ああ、今年は散らずにいてくれたのですね、新しい園児さんを迎えるまで」

まるでわが子のように桜を語る様子に、きっとなにか理由があるのだろうと思った。

ところが、バケツをもった先生は、「毎年こられるのよ。お相手、たのむわ」とだけわたしにささやき、「どうぞごゆっくり」と言い残すと、さっさとやりかけていた仕事に戻ってしまった。

わたしはわけがわからないままに、その女性に声をかけた。

「今日はこんなふうでばたばたしておりますが、どうぞ近くで桜をご覧《らん》になってください。桜、ほんとうにきれいに咲いてくれました」

「そう言ってもらってうれしいです」

まるで自分のことをほめられたように、彼女は顔をほころばせた。

「ここでけっこうです」と言われるのを、誘うようにして桜の木の下へ案内した。おもちゃを洗い終えた学生ふたりが、なにごとかとわたしたちのそばへやってきた。

「まあ、ほんとうに、よくねぇ。夫も病気の間中、ずっとこの桜のことを気にかけておりました。今年、一緒に見にくることができたら、どんなにか、よろこんだでしょうに」

「この桜に思い出がおありなんですね」

とたずねると、彼女の少しまるくなった背中がきゅうっと伸びたように見えた。

「この桜、40年前に、息子の卒園のお礼に家族でここに植えさせていただいたんです。息子はからだが弱く、在園中はいっぱい心配もおかけしましたけれど、この桜と一緒に大きくなって、この桜と一緒にずっと園に見守っていただいたら、きっとだいじょうぶにちがいないねって。

おかげさまで息子ももうひとり立ちして、それからは毎年かかさずこの季節に、夫とふたりでこの桜を見るのがたのしみで……でも、その夫も、昨年亡くなりました。今年はひとりだし、どうしようかと迷いましたが、ああ、ほんとうに上手《じょうず》に咲いてくれて……」

あとはおひとりで、なにかその桜とご家族と一緒になつかしく語り合っておられるようで、その様子を、学生たちもわたしも少し離れて見つめていた。

しばらくすると、こころのこわばりをすっかりほどかれたご様子で、わたしたちのほうへ歩み寄られた。

「こんな忙しい時に、年寄りがやってきて、思い出話なんかして、ご迷惑だったたでしょう。ほんのひと目見るだけのつもりだったんです」

「とんでもない！　ゆっくり見ていってください」

同時に声をあげたのは、なんと学生ふたりだった。

彼女たちがあんまり力を込めて言ったので、ちょっとびっくりされたようだったが、すぐに「ありがとうございます」と、にっこり。

「あ、あのわたしたち、ただの実習生で、園のスタッフじゃないんですけど、でも桜がよろこんでると思うんです。だから、あの、ゆっくり見てあげてください」

学生たちの実習を受け入れてくださっている幼稚園には、教師としていつも感謝していたが、この時ばかりは、園にくることで彼女たちが出会うものすべてに、頭を下げたい気持ちでいっぱいになった。春のまんなかの、このいまという時間にさえ。

ひととのつながりがわずらわしく、やっかいなことからできるだけ離れていようとするような学生たちだったのが、出会いのなかでどんどん育てられていく。見知らぬ家族と桜の間にある見えない時間のことを想《おも》うことができるようになってきている。

遠い昔を旅した人も　遠い未来を旅する人も
きっと同じ星を見ながら　僕《ぼく》らと同じことを考える
遠い昔と　遠い未来と　僕らは銀河《ぎんが》でつながっている
今という名前の船に乗り　僕らはゆっくりと進んでいく

（『銀河の船』より　新沢としひこ作詞／作曲）

どんな時代であろうと、どんな時であろうと、生きているまっただなかは、いつもいま。過去から未来への時の流れは、いまが連《つら》なっているのだ。

「なんか、今日のおばあさんに出会ったことをうたってるみたいだね」

ちょうど流れだした新沢としひこさんの歌に、夕暮れの空を見上げるようにして、学生がつぶやいた。

迫《せま》ってくる行事にこころをもっていかれ、いま出会うべき大切なことをうっかり取りこぼしてしまった先生に代わって、学生たちのこころが写し撮った、やさしい光景。

桜の木の下でのことだった。

巡《めぐ》っていく季節のなかに、いつもいつも、新しいいまがあるのよね。
だったらやっぱり、とりあえず、いま食べたいおやつでも、つくりましょ。

さくらもちるこ!?

1 桜もちを網であぶります。もう桜は散っちゃったなあ、という季節には、大福もちで代用しましょう。

2 もちにこげめがついたら、おわんに入れて、

3 熱いお茶をその上にそそいで、できたら、桜の塩漬《しおづ》けなんかを散らして、

4 ほろほろとくずして、いただきましょう。

「あぁ、まだまだ旅の途中だ」と、しみじみ甘い香りです。

17.

よろこびの箱

大学に〈子ども学部子ども未来学科〉というまったく新しいかたちの学びの場所ができて、数ヶ月。学生たちも一期生だけど、教員だって、みんな一期生。あーでもない、こーでもないと言いながら、毎日一歩ずつ、進んでいる感じ。

そんななかで、「入試面接」という出会いの記憶が、わたしと学生の間を支えてくれている。いま、一期生としてキャンパスにいる学生の半数以上とは、去年のうちに入試面接で出会っている。ひとりずつと、30分以上かけて、話をしているのだ。

入試がはじまる前、パートナーの先生とふたり（この学部、新任の先生がほとんどで、ふたりで入試面接を乗り切るしかなかった）で、誓い合ったことがある。それは、「すべりどめのつもりでうちの大学を受験していたとしても、入試を終えてこの部屋を出る時に、ここが自分の学ぶ場所だ、と思ってもらえるようにしようね」ということだった。

実際、けっして偏差値の高い大学ではないし、宣伝も行き届いていなかったので、まあ試《ため》しに、というくらいの気持ちで受験した学生も少なくなかったはずだ。

さて、いざ入試面接。こちらは「ようこそ！　ようこそ！」という気持ちでいっぱいなもんだから、ひとりずつに興味津々《しんしん》。いまだかつて、面接室のドアが開いて、学生の顔が見えることが、こんなにうれしかったことはなかった。

Y子の場合。面接室の椅子《いす》に腰かけた彼女に、

「筆記試験はどうでしたか？」とたずねると、ふうっとため息をつき、

「むずかしくて、……言いたいことが半分も……」

と切りだし、それから、思いあまったように顔をあげ、

「あの、わたし、途中で筆箱落としちゃって、すごい音がして……」

わたしは、うまく答案が書けなかったことの言いわけがはじまるんだなぁと思いながら、Y子の途切《とぎ》れがちなことばを聞いていた。

ところが彼女は、こう続けた。

「それで、あぁ、みんな、気が散っちゃったかなぁと……」

わたしは少しびっくりして、

「筆箱を落としてしまったことを、自分にとってマイナスと考える前に、ほかの受験生のマイナスとして考えるなんて、思ってもみませんでした」

と、その驚いた気持ちを正直に伝えた。

するとと、一瞬とまどったような、震《ふる》えるような表情を見せ、Y子はかすれる声で打ち明けた。

「ごめんなさい。あたし、ずうっと、こんな考え方だから、競争に勝てないんだと、受験にも勝ち残れなかったんだと言われ続けてきました。ほんとにそれが情けなく、だからなんとかしようとも思ったけど、やっぱりだめで……」

あとは、涙でことばにならなかった。きっと、筆箱のことを語っているのではないのだろう。長い間、「勝てない」ことの重荷を背負ってきたにちがいない。彼女のこころのうちに、誰《だれ》に向ける必要もない「ごめんなさい」を抱え込ませてしまった受験という魔物を殴《なぐ》りつけたい気持ちになった。

「だいじょうぶ、あなたのこころの向け方は、あなたがあなたであることの、いちばん誇らしいかたちだと思うよ。これから先、ひととつながる学びのなかで、そのまなざしが、きっと大事になっていくよ」と、伝えた。

Mの場合。面接室に入るなり、上目《うわめ》づかいに、にこ～っ。にこ～っ。なにをたずねても、用意してきたにちがいない無難《ぶなん》な答えのあと、にこ～っ。制限時間ぎりぎりまで、そのにこ～っにつき合っていたが、とうとう最後に、

「ねえ、あなた、うそついたことない？」

と聞いてしまった。パートナーの先生が、おいおい、という顔でわたしを見た。

Mは、一浪生だった。1年、苦労して自分の場所を探し続け、そして、選んでこの場所にきたというのに、自分のほんとをぶつけずに終わっちゃっていいの？　取りつくろった自分だけ見せて帰っちゃっていいの？　と試験官の任務を忘れて、問いただしているわたしがいた。

Mの目が、数秒宙を泳いだ。ちいさくくちびるが動き、そして、とまった。わたし

の顔を見た。「目、そらすな」と、こころで念じた。Mが、ゆっくり口を開いた。

「ついたことは、ありますね。他人を傷つけない範囲のうそなら」

がっかりした。結局彼は、ここでもそつのない答えを選んでしまった。いまのあなたは自分にうそついてないか、と問われていることはわかっていたはずだ。どう出るか？　目の前にいるのは試験官である。いずれにせよ試しているのだ。引っかけに乗らずこのまま演じ続けたほうが得か、それともいちかばちか本音《ほんね》を吐《は》きだしたほうが好印象か……。迷いのあげく、わたしという他者が信じられず、自分のほんとに添うことも、できなかったのだろう。

「ごめんね。いまはあなたの試験官だけど、もし入学したら、4月からあなたとわたしは、おんなじ星を見ながら歩き合う仲間になれるかもしれないと、つい気になることをそのまま聞いてしまったの」

わたしが謝《あやま》ると、Mは、力なくまた、にこ～っと笑った。わたしの挑戦は、敗北したのだ、と思った。Mの合格が決まったあとも、わたしのこころには、そのざらざらした感じが残っていた。

ところが、入学して1ヶ月後、Mは、わたしの研究室を訪れ、こう告げた。
「ぼくの大学生活への挑戦は、あの日からはじまったんです。先生に問われたあの日から」

Y子もMも、いま、新しい学部の大事な仲間だ。ふたりだけでなく、誰《だれ》も彼《かれ》も、ひとりずつのこれまでの物語をたずさえて、その物語の続きを編もうとしている。

いまここにいる学生たちと出会えてよかったと思っている。受験は、戦争ではない。生き残るとか残らないとかでなく、生き続けていること、そして生き続けていくことが前提。

「よろこびの箱」を開けるように、これからも、新しい出会いをまっている。

入りたいひとが扉をたたき、迎えようとするひとが扉を開ける、
そんな場所が増えるといいなぁ。というわけで、
とりあえず、うれしいおつまみでも、つくりましょ。

よろこビールの野菜づけ

1 ふわぁとうれしくて、ビールで乾杯した夜、
そのよろこびのおすそわけを、ガラスの密封容器へ、
トクトクシュワーッ。
2 ダイコン、ニンジン、セロリを薄切りにして、
軽く塩でもんで、**1**に入れ、おしょうゆとタカノツメを加え、
3 パン粉をザアーッと入れて、野菜はかくれんぼ。ぴちっとふたをします。
4 冷蔵庫で朝まで冷やして、さっぱりシャキンといただきましょう。
よろこびのあと味も、なかなかのもんです。

18.

アジひと皿分の幸福

毎週火曜日、講義の合間をぬって、作家の村田喜代子《むらたきよこ》先生と一緒に、下関《しものせき》の魚市場に出かける。

魚市場といっても、昼間だから、人影まばら。市場のひとたちも仕事を終えて、ホースで木箱を洗ったり、冷凍庫の氷の補充をしたりと、かたづけモードだ。ただ、わたしたちの行きつけの魚屋さんだけは、市場のなかのちいさなブースで、わたしたちがやってくるのを、まつとはなしにまってくれている。

内緒の話だが、この魚屋の大将、実は、ひそやかなる村田先生のファンなのである。店のなか、うしろ向きにまな板や包丁《ほうちょう》の手入れをしていても、村田先生の足取りを聞きつけると、ぱっと振り向き、

「いらっしゃい！」

その声と一緒に、氷を敷《し》いた陳列台の上で、その日最後の売りものとなった魚たちがにわかに役目を思いだし、尾びれをきゅきゅっと緊張させる。うろこが、きらっと光る。魚屋の大将と魚たちの呼吸ってあるよなぁと、この市場通いをして気づいた。

「え〜と、今日はですねぇ、先生……」

大将がこう語りだし、陳列台の上の魚たちを眺めやると、「ほいきた、あっしの出番っすね」と、ほかの魚たちに抜きんでて誇らしげにその身をさらすやつがいる。

「やっぱり、このアマダイですかねぇ。そりゃもう、いまがいちばん脂《あぶら》がのっておいしいですから」

ほうらね、と言わんばかりのアマダイ。大きなぎょろついた目が、もう村田先生んちの台所についていく覚悟《かくご》を見せている。

「バター焼きですかね」

と、先生がたずねれば、

「いやいや、活《い》きがいいですから、このまま塩焼きか、もちろん刺身にもできますよ」

買うことが決まると、魚を連れて帰るまでの長い道のりを配慮して、念入りな下ごしらえがはじまる。二枚におろす、三枚におろすはもちろんのこと、

「このあらは、別の袋に入れておきますから吸いものに」

「この皮は、湯引《ゆび》きをして、ポン酢ともみじおろしで」

「先生のおうちでは1回では多すぎますから、半分はこのまま冷凍できるようにキッチンペーパーにくるんでおきます」

などなど、そりゃあもう、細心のこころ配り。おまけに、

「アナゴはね、たれをつけて焼くより、1回酒をぐらっと沸《わ》かせて、そのなかにくぐらせたあと、白焼《しらや》きして、わさびじょうゆで食べてみてくださいよ」

「ハモは小骨《こぼね》がうるさいなんて言いますけどね、これ、包丁を入れる角度も大事でね、この切り方ならてんぷら、そして、ほら、これなら刺身でも小骨、気にならんでしょう?」

などと、調理法の指南《しなん》から、その日の調理に見合う薬味《やくみ》や、しょうゆの算段までしてくれる。そして、その説明のたびに、大将の見事な魚さばきの手がぱったりと、とま

る。なんだかどう考えても効率のわるい商売だ。

いや、もうこの時間、市場で商《あきな》う者にとって、ひとりやふたりのお客のささやかな買いものなど、はなからおまけのおまけにすぎないのだろう。この時間は、魚という生きものを通して、ふだんだと向かい合う機会のない人間同士が、そのめぐりあわせの妙《みょう》を味わっている気がする。

さて、ひととおり村田先生の買いものがすむと、今度はわが家の買いものとなる。村田先生の場合、お連れ合いと食べるためにそろえる「村田先生のお買いもの」。でもわたしの場合、明らかに「大家族・村中一家の食卓を支える買い出し」なのである。

まず大切なのは、数がそろっていること。いま娘が家にいないから、6引く1、つまり5の倍数の頭数《あたまかず》がそろっている魚たちを目で追ってしまう。そうすると、行きつくところ、皿盛りのアジかイワシ。イカでもエビでも5の倍数、数で出会いが決まるわけだ。

毎回のことなので、大将も、5の倍数の法則をおぼえてくれていて、たまに皿にのっかっているレンチョウ（シタビラメ）が2匹だったりすると、分けても4人分と判《はん》じて、黙って小ぶりの1匹を皿の上にのっけてくれたりする。

日頃《ひごろ》はそんな買い方のちがいも、さほど意識することはない。だが、あまりの仕事の忙しさにすっかり参ってしまっていたその日ばかりは、村田先生に誘われての市場行きも、ちょっとおっくうで、できれば家に帰っての晩ごはんづくりやアイロンがけも放棄して、どこかにひとりで逃避行《とうひこう》したい心境だった。けれども約束だから、と市場へ向かう。

陳列台の上には、立派な体格のうろこきらきらのマダイがでんと横たわっていた。村田先生お買い上げ。刺身分と焼きもの分と冷凍分、そして、頭の部分は骨蒸《こつむ》し用に と、見事に切りさばかれていく。

ぼんやりそれを眺めながら、ふと目の前の皿盛りのアジたちと目が合った。1、2、3、4、5……やっぱり、無意識に数をかぞえているわたし。なんだか、せつなくてせつなくて、笑えてきた。ああ、いまわたしは、この場所なんだ、5の倍数の世界を泳いでいるのだ、と悟《さと》った。

そんなわたしの気持ちを知ってか知らずか、大将が冷凍庫から大きな甲《こう》イカを取り

だして、見せてくれた。

「村中先生、このイカの墨ぶくろ、下ごしらえの時うっかり破いてしまったら、たったこれ1杯のイカ墨で、この市場の床全部が、真っ黒になるんです」

ひとつのからだのなかに抱え込まれた墨のすごさ、外見ではわからぬ、内に秘めた怒りの量に想《おも》いを馳《は》せた。

市場で出会う生きものたちのいのちについて、そして、5の倍数でともに在《あ》る家族のいのちについて、考えさせられたできごとだった。

仕事も魚も、うまくさばけないところに、
意外な味が隠れているのかも、ね。さてっと、
とりあえず、ワタシらしいごはんでも、つくりましょ。

アジな皿だ

1 冷《ひ》やごはんを水で洗って、ぬめりを取ります。
水気を切ってからポン酢につけて、ヒヤヒヤ〜〜。

2 水菜《みずな》を適当な大きさにザクザク切って、
ショウガも皮をむいてからザクザク切って、

3 スマートなアジのお刺身と水菜とショウガとポン酢ごはんを
さっと混ぜ、ひと皿にのせて、
「おお、アジアな食卓〜」などとつぶやきながらいただきましょう。

19.

こころ、のびたりちぢんだり

金沢に出かけました。京都駅まで新幹線に乗って、京都からは〈特急サンダーバード号〉です。昭和30年代生まれのわたしにとっては、冒険と勇気の象徴のような乗りものです。奮発《ふんぱつ》して、グリーン車に乗り込みました！

斜め前の座席を見やると、おばあちゃんと母親と、3歳になったくらいの女の子が並んで座っていました。その3つの横顔の似ていることといったら！　ちょうど30年の間隔で順番に変化していく姿を、まのあたりにしたよう。なんだかうれしくなって、ふっ、ふっ、ふっ。

さて、発車後40分くらいして、母親が、おばあちゃんの手を引いて、席を立ちました。母親に支えられるようにして、ゆっくり足を前に出すおばあちゃん。トイレにでも行かれるのでしょう。座席に女の子がひとり残りました。彼女は、よくよく母親に言い聞かせられているようで、ひとり残ることにぐずつきもせず、ただ座席の肘《ひじ》掛《か》けからうんとからだを乗りだすようにして、ふたりを見送っています。〈サンダーバード号〉の少し幅広の通路を、母親とおばあちゃんがゆっくりゆっくり、遠ざかっていきます。

すると、女の子は、肘掛けから身を乗りだした姿勢のまま、ちいさく口ずさみはじめました。

「おかあさん、がんばれ。おかあさん、がんばれ」

声はふたりが遠ざかるほどに強く、大きくなっていきます。しゅうっと、車両のドアが開いて、母親とおばあちゃんの姿が向こう側に消えました。

「おかあさん、がんばれ。おかあさん、がんばれ。おかあさん、がんばれ」

いよいよ声は大きくなり、ほとんど叫んでいるようです。

(早く戻ってきて、早く戻ってきて)

ついついわたしも、女の子の声に合わせて、祈っていました。これがまた、まつと

なると、トイレタイムって、けっこう長いんですね。3分、4分、5分……女の子の「がんばれソング」は次第に、泣き声とも悲鳴ともとれるようになってきました。

（どうしよう、話しかけようか……）

でも、女の子があんまりにもひりひりと、懸命に、「独《ひと》りの時間」に打ち勝とうとしている姿を前にして、安易《あんい》に声をかけることはできませんでした。

（がんばれ、がんばれ、がんばれ……）

やがて、しゅうっとドアが開き、母親とおばあちゃんの姿が現れました！

たったいままで悲痛だった少女の声に、パッと元気が戻りました。

「おかあさん、がんばれ。おかあさん、がんばれ」

勝利の帰還《きかん》を祝うかのような、はれやかな歌声。女の子の「おかあさん、がんばれ」は、きっと自分に向けた応援歌だったのだと思います。

「おばあちゃんのために出かけていったおかあさんをまってるあたし、がんばれ。おかあさんをまってるあたし、がんばれ」

さて、その夜。〈サンダーバード号〉を降りると、金沢駅前の居酒屋へ。

ひとりで入ったわたしも異色でしたが、隣の席の4人組も異色でした。きっちり四角い顔の若い父親と、線香《せんこう》花火のように細っこい母親、そして4歳くらいのおねえちゃんと、3歳になったばかりかなという男の子。どうして、居酒屋なのかなぁ？　と首をかしげたくもなりますが、意外にも居酒屋の肴《さかな》は、ひと口サイズで扱いやすく、子どもたちも、箸《はし》をつき刺したり、串《くし》を振りまわしたりして、ごきげんです。

特に男の子は、ほの暗い店内に日常空間とはちがう好奇心をかきたてられているようで、どんどんテンションが上がっていきます。とうとう煙を吸い取る穴に向けて、なめなめした割り箸をつっこみはじめました。

「いいかげんにしないか！」

父親がジョッキをどん、とテーブルに置いて息子をにらみました。

「おまえひとりだけ、車に行くか！」

おお、脅迫《きょうはく》です。すると息子はぶんぶんと首を横に振って、

「車に行かない」

「よし、じゃあ、おとなしくするんだな」

父親が腕組みして、念押しです。すると息子、

「おとなしくしない」

おとうさん、拍子《ひょうし》抜けしちゃって、黙ってビールをぐびぐび。

しばらくすると、また息子が大暴れ。

「よーし、今度こそ、車に閉じ込めるぞ！　いいか！」

「よくない」

「じゃあ、おとなしくするか？」

「おとなしくしない」

見ているわたしは、笑いをこらえるのがやっとです。母親は知らん顔で、海鮮サラダをぱくぱく。おとうさんは、ビールをぐびぐび。

さて、魔の3回目が訪れました。男の子が頭の上にのせて歩いていた民芸ざぶとんが、トマト・スライスの皿にすべり落ちたのです。

「もうゆるさん、車に連れていく！」

その形相《ぎょうそう》に息子が泣きそうな声で、

「連れていかない、連れていかない」

おねえちゃんが非常事態と察したのか、

「もうゆるしてあげて。ゆるしてあげて」

と、おとうさんの腕にすがりつきました。

「これが最後だぞ！　おとなしくするか？」

大きな威厳に満ちた酒臭《さけくさ》い声。男の子は、うわぁーんと泣いて、

「おとなしくしなーい」

ど、どうなるの、この親子、と息をつめて見守るわたし。

すると、母親がひとこと。

「たくちゃん、『おとなしくします』と言いなさい」

男の子は消え入るようなちいさな声で、

「おとなしくします」

これで一件落着。と思いきや、男の子がいきなり母親の横腹に頭をこすりつけ、ぐりぐりぐりぐり。まるで、うわすべりなことばにつられて、つい自分のからだにま

とってしまった不本意《ふほんい》さをはらい落とそうとしているかのようでした。

〈サンダーバード号〉の女の子も、居酒屋の男の子も、なんてかしこいんだろう。幼いながらに、からだとこころがはぐれぬよう、自分流の整え方を身につけているではないか。さあ、おまえはどうだ、整わぬ自分を歳《とし》のせいにしてはおらぬか、と反省するなかで、金沢の夜は更《ふ》けていきました。

こころの体積って、タテ×ヨコ×高さじゃ、量《はか》れないんだなあ。
ならば、とりあえず、はからいのない飲みものでも、つくりましょ。

そんなバナナ！のゴーマン・ジュース

1 バナナをざく切りにします。

2 ゴーヤを、まんなかの白いフワフワを残して、そぎ切りにします。

3 バナナとゴーヤをミキサーにドサッと入れて、牛乳とヨーグルトをタポタポそそいで、

4 スイッチ・オン!!　あまりにおいしい、かしこいジュースのできあがり。

20.

不便の贈りもの

子ども未来学科の1年生3人を連れて、山口市にある県立図書館へ行くことになった。大学のある下関《しものせき》市から山口市へは、高速道路を車でとばさない限り乗り継ぎが不便なので、わたしの車で行くことにした。

女子学生ふたりは、下関市から約40分列車に揺られて、待ち合わせの駅までやってきた。ふたりを乗せたのが、朝の7時50分。そこから車で走って、今度は美東《みとう》という町の〈道の駅〉に向かった。ここで、3人目の男子学生を乗せる約束になっていたからだ。約束した待ち合わせ時間は、9時。ところが、思ったよりすいすい車が走り、8時半には〈道の駅〉に着いてしまった。

「Tくんがくるまで、お茶でも飲んでいようね」と言い合っていたのに、なんとTく

んが、ちゃんと約束の場所にいる。座り込んで、本を読んでいる。

「Tくん、えらく早いじゃない」

「あ、おはようございます」

Tくんの笑顔には、屈託《くったく》がない。

「ねえ、約束したのは9時だよね？」

「はい」

「で、何時にきたの？」

「えっと、7時50分着のバスです」

「え〜!!　どういうこと？」

「だって、先生が、9時にここでって言ったから。次のバスは9時20分着だったので」

べつだん恨《うら》みがましくもなく、彼は実にさらりと言ってのけた。

恥ずかしながら、いままでわたしの知る学生たちは、9時と約束しても平気で9時半にやってきた。そのくせ、置いて行こうものなら、「ひどい」だの「冷たすぎる」だの大ブーイング。

それに慣らされてしまっていたもんだから、「9時と約束すれば、なんとか9時までに着けるよう自分の都合は自分でやりくりする」というTくんの基本姿勢に、目の覚《さ》める思いがした。

そこから図書館までの車中での会話で、Tくんの家がかなり不便な山間《やまあい》にあることを初めて知った。にもかかわらず、県立図書館での研修がすんだら、いったん家に戻り、その日のうちに下関の下宿まで戻るのだと言うから、「そりゃぁ、たいへんだ、せめて、ほかのふたりと一緒の駅まで送っていってあげるよ」と約束した。

そんなわけで、夕方、思いがけず、Tくんの家まで、家庭訪問ということになった。ほんとうに山深い静かなところだった。こんなところからやってきてたのか……。

「先生、ここです。ぼくんちがやってる雑貨屋です。なんでも売ってます。ちょっとまっててください。すぐ支度《したく》して戻ってきますから。みんなも、ごめん」

Tくんは、店よりさらに奥まった、畑をいくつも越えたところにあるわが家に向かって駆けだしていった。

車から降りて、お店をのぞく。ドアがない！　はなからお店が外に向かって開け放

たれている。つい「ごめんくださいー」ということばが口をついて出る。昭和30年代は、うちのまわりのお店もこういう感じだったよなぁ。ちり紙も椿《つばき》油《あぶら》も蚊《か》取《と》り線香《せんこう》も、1種類だけのカップラーメンも〈正露丸《せいろがん》〉も袋菓子も、みんな手の届くところに並べてある。

やがて、Tくんは、母親とふたりで戻ってきた。母親の手には野菜のいっぱい入ったビニール袋がにぎられている。キュウリにナスにトマトに、鮮やかな黄色のマクワウリ。

「いま畑で、もいできたばかりなので……」

母親のことばをにこにこして聞いているTくん。ありがたく頂戴《ちょうだい》することにした。

「あっ、ちょっとまって！」

わたしは店のなかに戻って、さっきから目をつけていた菓子袋〈梅鉢《うめばち》〉（すっごくおいしいのよ）を差しだした。

「ありがとうございます！」

Tくんの雑貨屋さんとしての誇らしい声だった。

「まぁ、先生からお金をいただくなんてめっそうもない」

おかあさんの恥じ入るような声。

「いいえ、Tくんちでなくても、この〈梅鉢〉見つけたら買ってます、ぜったい！」

わたしは、迷わず１３０円を差しだした。

「先生、２３０円です。落ち着いて」

くくくっと笑いをこらえるTくん。

いざ出発。その時、

「あっ、先生、ちょっとまって！」

今度は、Tくんが声をあげた。

「どした？」

わたしが振り向くより早く、Tくんは後部座席から降りて、声を張りあげた。

「ばあちゃん、行ってくるけぇ。また、すぐ帰ってくるけぇね」

見ると、腰の曲がったおばあちゃんが、畑のほうから一歩、一歩と、こちらへ向かって歩いてくる。

どうやら、かわいい孫の通う大学の先生がきているというので、ひとこと挨拶《あいさつ》を、ということらしい。思わずわたしも車から降りて、駆け寄った。駆け寄りながら、ベティちゃんのTシャツなんか着てくるんじゃなかった、ちょっとでもこの一家がはれがましく思うような、そんな先生らしい格好《かっこう》をしてくればよかった、と後悔した。

「おばあちゃん、お孫さんはいい青年ですから、4年すれば、きっと頼もしい社会人になりますよ。たのしみですね。たのしみにして、元気でいてくださいよ」

「それそれ。元気でまっちょりよ」

Tくんがことばを添えた。

窓を開け、ちいさくなっていく母親と祖母に向かってまっすぐ手をあげるTくんの横顔をバックミラーで見やりながら、幸福ってこんなふうに育てていくものなのかもしれない、としみじみ思った。

そして、自分を愛し育てながら老いてきたひとや場所のことを疎《うと》ましがらず、開いた胸のうちにとどめおけるひとこそが、未来にいちばん近い道を歩いているのかもしれないとも。

最近、約束は、ケータイで即変更できちゃう。
これって、「守るもの」をなくしていくってことだよね。やだやだ。
とりあえず、すっきりするものでも、つくりましょ。

はればれもん

1 レモンの皮をむき、中身をうすくスライス。
2 スライスしたレモンに、ぱらぱらぱらっと、
砂糖を振りかけます。
3 冷凍庫に**2**を入れ、約1時間。
4 手でちぎったキャベツの葉っぱで、
凍った「ちょい甘レモン」を巻いて、
はればれとした気分で食べましょう。

21.

エネルギーの調節つまみ

留学中の娘と一緒に、ニュージーランド南端の街、ダニーデンに出かけた。

この街には、オタゴ大学という、とても大きな大学があって、街全体がキャンパスのような感じだ。年齢を問わず、国籍も問わず、あっちにもこっちにも、学生がいる。娘の「会いたい先生がいる」という思いに引きずられて、わたしもキャンパスの芝生《しばふ》を踏み踏み、へぇ〜、ほぉ〜と歩きまわったわけだが、途中で博物館を見つけて、「ねぇねぇ、ちょっと寄っていこうよ」と、先を急ぐ娘を誘い込んだ。

ところが、まあ、ここがびっくり。想像以上に、とってもすてきな博物館だった。平日だったが、見学にきている小学生、博物学の研究を進める大学生、動物や植物、地質や歴史と、それぞれの専門に関するボランティアをかって出ているひとたち、散歩がてら立ち寄っている親子連れ、いろんな立場のひとたちが、違和感なく共存していた。

なかでもとりわけ、幼い子どもたちに向けたタッチ・ミュージアムのコーナーが、おいでおいでと、わたしを誘った。このコーナーの入場料を払うのに、つい「日本から勉強にきました！」と言ったら、えらく安かった。胸に貼《は》られたワッペンを見ると、「ｓｔｕｄｅｎｔ（学生）」となっていた。

すっかり気をよくしたわたし、実験できるいろんなゾーンをたのしんだ。日本でもよく見かける、キーを足で踏んで音を創《つく》っていくステップボード、いろんなアレンジができるようになっていたので、挑戦してみることにした。

先客があった。3歳になるかならないかの、ちいさい男の子だ。ちょっとよろけながらのステップが、かたことのおどけた音楽を創っていく。かわいいなと眺めていた。

で、その男の子が立ち去ったあと、わたしもキーボードの上に乗っかった。そして、ひと足ふた足と踏んだところで、なにやら叫んでわたしの足をひっつかむ妨害に見舞われた。見ると、さっきの男の子。

「No〜!! Go away!! You go away!!」

ねぇ、ひどいじゃありません？「おまえ、あっちいけ!!」ってんでしょ？

自分はさんざんたのしんでおいて、それはないでしょ、と思ったもんだから、無視して、なおもステップを踏もうとしたら、またまた、

「No〜!!」

ぐいぐいわたしの太ももを押す。くやしいので、そいつのおでこにわたしのおでこをくっつけて、思いっきり、声をあげた。

「No!! You go away!!」

男の子も負けずに、なんだかもう、むちゃくちゃなことばを吐《は》きながら、ぐいぐいわたしを押すので、わたしももう、むちゃくちゃに応戦。すると、あるところで、急にその子の気持ちが切り替わったようで、すっといなくなった。

わたしもエネルギーを噴出しすぎて、脱力。ステップボードを離れてしまった。

この間、そばにいた男の子のおかあさん、平気の平左《へいざ》で、バギーのなかのあかちゃんとおしゃべり。日本だったら、まずはさっとやってきて、「いまはあなたの番じゃ

ないでしょ」とかなんとかわが子を諭《さと》すか、「すみませんね」と取りなすか、はたまた、ヘンなおばちゃんをひとにらみしたあと、わが子を連れ去るか、どれかでしょうに……。

わが娘も娘で、大人げない母親を恥じ入るふうもなく、別のゾーンで水槽《すいそう》のなかのタツノオトシゴとたのしくおしゃべり。

さて、次に挑戦したのが、ハンドルをまわし続けることでボールを宙に押し上げていくゲーム。おお、上がる上がると、風船のようにふうわりとボールの舞い上がる様子を眺めていると、なにやらわたしの足元に、もぞっとした気配。

見下ろすと、さっきの男の子が、うっとりした表情で、ボールの行方《ゆくえ》を見つめている。さては、こいつ、またわたしを押しのけて、自分でハンドルまわすつもりだな、と身構えた。けれど、彼にはまったくそんな気はないらしく、ただただ舞い上がるボールに見とれている。あんまり一生懸命に真上を見上げすぎて、バランスを失い、よろけて、わたしのジャケットの裾《すそ》をムンギュ、とつかんだ。で、体勢を取り直すと、あたりまえのように裾から手を離し、またまたうっとりボールを見上げている。つい

さっきまでバトルをくりひろげたわたしの傍《かたわ》らで。わたしのことなど、まったく目に入らぬ様子で。

子どもは素直であどけない、なんてうそ。

子どもって、無邪気《むじゃき》ばかりじゃない。邪気《じゃき》だって、いっぱいもってる。

でも、こころにわだかまりをもたない、開け放した自分をさらけだす瞬間がある。

それが、うらやましい。

思えば、異国にあって、いちばんストレートに気持ちをぶつけられたのは、この子に向けて「Ｎｏ」と言えた瞬間だったなぁ、としみじみつぶやけば、娘が、

「へぇ〜、そうだったん。かあさん、いつだって、充分、ストレートやん。ああ、またやってるなと思ってた」ですと。やれやれ。

子どもの時には取りつけてなかったエネルギーの調節つまみ、
いつごろ取りつけちゃったんだろう。まあいいや。
とりあえず、パワフルなおつまみでも、つくりましょ。

4《し》ッカリ炒《いた》め

1 カリフラワーを固めにゆでて、小房に分けます。
1、パイナップルと一緒に、さっと炒めて、パイカリ。
2、リンゴと一緒に、さっと炒めて、リンカリ。
3、タカノツメと一緒に、さっと炒めて、タカガリ。
4、レモンと一緒に、さっと炒めて、スッ…スッパリ。

2 味つけは何ソース？　なんてことにはわだかまりをもたず、
塩でもこしょうでも、パッパとかけて召し上がれ。

22.

だんご道《みち》

今日は、泥あそびの日。子ども未来学科の学生たちと子どもたちが一緒にあそび、一緒に学ぶ。

これに先駆《さきが》け、先週、学生たちは、いろんな種類の土を集めてきて、さまざまな実験をくり返した。触《さわ》る、匂《にお》いを嗅《か》ぐ、混ぜる、こねる、そして水を加えてコーヒーフィルターで漉《こ》してみる。さらに原水、ろ過水《かすい》、フィルターペーパーに残った土の3種類で絵を描いてみる、などなど。

でも実験はおろか、初めのうちは土に触れない学生が、何人もいた。

「ぶりっこしてるんとちゃうん?」と言いたくなるが、学生たちは大まじめで、土の入ったビニール袋のなかをこわごわのぞいては、「虫がおる。ぜったいおる。見えた

もん」などとのたまう。

ところが、ペットボトルを漉《こ》し器《き》代わりにして、泥水をろ過《か》してみた時のこと。ぽたぽたと落ちていく土色を落とした水の溜《たま》りに、みんな吸い寄せられていく。「なんかきれいやねえ」というつぶやき。

番号を記《しる》した何種類もの乾いた土を「どこの土だ」とあてていく効《き》き土《つち》ゲームをやるところには、誰《だれ》も彼《かれ》も、ビニールのなかに何度も鼻をつっこんで、くんくんやっている。それが終わると、今度は水を含ませ、どろどろの効き土。

「あ〜、これって雨にぬれたアパートの階段の匂い」

（なるほど、鉄分の混ざった土だからねぇ）

「ん〜、これはぬれた校庭の匂い」

（正解。だって大学のグラウンドから採ってきたもんね）

「思いだした、ちいさいころ、かあさんにしかられて外に飛びだした時の匂い」

（へぇ〜、そんなことがあったんだ。哀《かな》しい匂いなんだね）

学生たちの五感《ごかん》が、経験や記憶とからみ合って、自然に生まれでることばたち。

最後に全部の土を寄せ合ってだんごをつくるころには、みんな、はじけるような、「おたのしみ中」の笑顔。手は、乾いた土の上にあらたな土がこびりついて、つめのなかまで真っ黒。

それからそれからの、今日の日だった。幼稚園の年少さんと年長さん約50人を迎え入れての、学生30人との泥あそびプログラム。

ところが学生たちが迎え入れた気持ちでいられたのは、最初の「おいで、こっちだよ」だけ。

「今日はねぇ、みんなと一緒に、おだんごつくろうと思って……」

と学生たちが声をかけたとたん、

「ナニ？　ダンゴダッテ？」と言わんばかりに子どもたちの目が光った。

だんごづくりなら、子どもたちのほうが、はるかにはるかに上手《じょうず》だった。

「白砂のかけ方が早すぎる」

「ここの土手の赤土を混ぜるのさ」

「にぎり方が弱すぎだよ」

なんでもかんでも、実によく知っている。それも聞きかじった知識でなく試行錯誤《しこうさくご》をくり返した研究の成果だから、ことばにも説得力がある。

「へ〜」「ほ〜」と、泥だんご職人に素直に教わる学生たち。でも学生たちも、ちょっと前までは現役《げんえき》の子どもだったのだ。あっという間に昔のぼくやわたしに立ち戻り、めきめき腕を上げる者が出てくる。誇らしげに、

「どうだい、特別製のハンバーグだぞ」

と、子どもの前に差しだせば、じいっと見つめたあとで、

「それ、生焼《なまや》けじゃあ」

と、子どもの返事。土をハンバーグに見立ててあそぶだけでなく、あそびのなかで、土がハンバーグに見え、その焼き具合までが見えるということ。見えているものの向こう側まで、まなざしが届くようになる。

いつしか、幼稚園の園庭いっぱいに、学生と子どもたちのあそびのまなざしが伸びて伸びて、あっちの山とこっちのケーキ屋が、まんまるのだんご道でつながり、そしてだんご道をよけるように新しいビルができ、そのビルの横に、なぜかまた、なつか

しいだんご屋ができ……。ひとりの満ち足りたよろこびと、他者とつながるよろこびが溶《と》け合い、秋の園庭をあたためる。

さて、この幸福なあそびを、どうやって学生たちは閉じるのだろう。あそびの余韻《よいん》をからだに残し、今日一日、何度も、この時間のことを思いだしながら幸福にひたれるような終わり方とは……。

学生たちもあそびに夢中で、その妙案《みょうあん》が浮かばない。困った困ったと、もぞもぞしているところへ、ひとりの女の子が、

「ふふふ、これバクダン」

とつぶやきながら、泥だんごに植物の茎《くき》をつき刺したものを見せにきた。

瞬間、学生たちがひらめいたこと。

「時限爆弾が爆発するから、5分以内におかたづけしよう!!」

それは意外にも効き目《きめ》のあるひとことで、子どもたちはまたたく間に、しかも思い切りよく自分のだんご作品をつぶしにかかり、夢の名残《なご》りは、まだらな土の跡《あと》だけ。

それから、学生たちはそれぞれ、ゆっくり今回の活動を振り返った。

「『なんで、爆発するん?』って聞きよった子がおったよ」

「爆発するから、おかたづけっていうんは、ちょっとどうやったかな」

「できたら、それまであそんでたことと結びつくような、つながったお話があったらよかったかも」

「いや、悪者のもってきたバクダンが飛び込んできても、みんなの気持ちがひとつになるような……たとえば、だんごを集めてお祈りすると、悪の力に勝てるとかさ……」

一つひとつの意見が、土をこねるようにまるくふくらんでいく。

最後に全員が記《しる》したワークシートに、くっきりしたえんぴつ文字で、こんなことばがあった。

「子どもたちがあんまりすごいので、『すげえ!』と言ったら、『すげえっちなに?』と聞かれた。いっぱい、いいことを学んだ」

考えることと感じること。うまくこね合えたら、たのしいよね。
ということで、とりあえず、うまぁいスープでも、つくりましょ。

どろどろだぁ〜んごスープ

1「今日はなんのだんごにしようかな」と冷蔵庫をのぞいて
エビならエビ、イカならイカ、お肉ならお肉と決めましょう。

2 **1**に、水を切った豆腐《とうふ》と、かたくり粉、塩を適当に混ぜて、
すりすり、こねこね。

3 おなべにだし汁をつくって、**2**をだんご状にまるめて入れちゃって、

4 おまけに、野菜をきざんだものなんかも入れちゃって、
最後に、ショウガのしぼり汁と水溶《みずと》きかたくり粉を加えちゃったら、
はい、おいしいスープのできあがり。どろどろだぁ〜。

23.

けんかの気持ち

ちいさいころ、わたしは泣き虫の弱《よわ》みそだった。

近所の子に泣かされて、べしょべしょ顔で帰ってくる娘に、ある日、母はものすごい剣幕《けんまく》で両腕をひんにぎり、

「いいかね、こんりんざい、泣かされてすごすごと帰ってくることはゆるさんよ。やられたら、ひっこまずに、死にもの狂いでやり返しなさい。相手も子ども、恐《おそ》れるに足りず。さあ、いますぐ行って、おまえを泣かした子をやっつけてきなさい。それまで、家に入れません」と、のたもうた。

その時の母の形相《ぎょうそう》に比べれば、よその子どもなど恐れるに足らず。わたしははじかれたように駆けだし、まだ公園にたむろしていた子どもたちの群れに突進。全員を

砂まみれにするまで攻撃をやめず、全員を泣かせてから、茫然自失《ぼうぜんじしつ》で帰還《きかん》。ぼろぼろ姿のわたしを黙って見つめ、母はひとこと、

「よくやりました」と静かに言った。

以来わたしは、ここで負けたら帰る場所はない、と肝《きも》に銘《めい》じ、決してけっして、けんかをさけることがなくなった。

小学校に上がり、体育が終わって教室に戻ると、ガキ大将の男の子が、泥だらけの足をわたしのブラウスで拭《ふ》いているのを見た時など、そいつの髪の毛を引っつかまえて運動場に引きずりだし、水たまりのなかにつき飛ばして、ガキ大将まるごと、泥だらけにした。

さすがに、その時は校長先生に呼ばれたが、ガキ大将のほうが「ぼくが先にやりました」と告白したので、ことなきを得た。それでも、学校から報告を受けた母は、「泣き寝入りするよりはよし。大人にしかられることなど恐れてはなりません」と平然としていた。

親の都合で数えきれぬほど引越しをくり返し、おまけにひとりっ子で社交性にも

乏《とぼ》しい娘を案じた母なりの、他者を前にしたらうしろに下がるな、自分で道を前に開け、という教育方針だったのだと思う。ただ母だけが頼りだった気の弱い娘にとっては、他者がどうのこうのというよりも、母に見放されたくない一心でつき進んだ道であった。

さて、いつしか娘は大きくなり、成人するころには、気の強さがほんものになっていた。権力を笠《かさ》に着る者、人を見下《みくだ》した態度をとる者に対しては、場もわきまえず、向かっていく。母は、そんな娘をため息まじりに見やり、

「わたしはあなたに、引き下がるなと言っただけで、自分からけんかを売れなんて教えなかったわよ」とつぶやく。親友は、

「りえちゃん、後生《ごしょう》だから、頭にきた時はとりあえず、深呼吸して15数えて。けんかは、それでも気持ちがおさまらなかった時だけよ」と忠告してくる。

ところが、15でおさまるようなことなら最初から腹を立てたりしないわけで、大人げないけんか（他者に言わせれば）をしては損をする日々が続く。

そしてそしての、現在である。

新設の子ども学部には、新しい志《こころざし》をもった先生方が、いろんな場所から集まってきた。みんなそれなりの研究成果と教育実践を重ねてこられたわけで、それだけに、他者の言うことを、そう簡単には鵜呑《うの》みにできないでいる。

　にもかかわらず、「関係づくり」というテーマのもと、学びのつながりを求めて、新しく〈子ども未来学〉をみんなで創《つく》っていかなければならない。これって、言うはやさしいが、相手の土俵《どひょう》に踏み込んで、ああしたほうがいい、こうしようなどという議論になると、みんなムッとする。偏狭《へんきょう》とまでは言わないが、やはり、長年培《つちか》ってきたプライドが邪魔《じゃま》をして、他者の意見を受け入れるむずかしさに、からだもこころもこわばってしまう。で、みんな、なんとなく口ごもり、なんとなく味つけのうすいことばで問題を先送りする。

「しかたないよ、新しいことをはじめたんだもん、ぼちぼちいこう」

と、したり顔のことばで閉められる。

　そのうっぷんがたまってか、ある日、若いおサルの研究家とまっこうから対立してしまった。わたしにはわたしのゆずれない言い分があって、それを正面からぶつけた

ら、相手も「でも……」とけっして引き下がらない。わたしには相手の言い分がまちがっているとしか思えず、何度もそのまちがっていると思う点を指摘した。それでも、相手は「でも……」をくり返す。そのかみ合わなさに苛立《いらだ》ち、どんどんわたしのことばは鋭く強く冷たくなっていく。

キャンパス内で、先生同士が、真正面から言い合いをするなんてことはめったにないことで、特に学生はびびったようで、ほかの先生の教室に「村中先生が○○先生をいじめている！」と駆け込んだ者も。

この「おサル先生VS村中の乱」はあっという間に大学中のうわさとなり、けんかなどしたこともする気もない先生たちの酒の肴《さかな》となった。

でも不思議《ふしぎ》なことに、時間がたつにつれ、そんな先生たちより、おサル先生のほうがぐっと近しく感じられるようになった。考えはけっして歩み寄れないのだが、それでも、彼の魂《たましい》は汚《けが》れていない気がしてきたのだ。わたしは言い分のちがいだけで彼と衝突したが、その言い分を抱える彼の魂の哀《かな》しみを思いやることに欠けていたと思い至った。

わたしの言い分はまちがっていないと、いまでも思っているが、その正しさを振りかざすに値《あたい》する自分だったかと思うと、恥じ入るばかりだ。そう感じた瞬間、彼に「ごめんね」と謝《あやま》れた。彼もわたしの目を見て、頭を下げた。不思議な仲直りの瞬間だった。へんに妥協《だきょう》しなくてよかった。

数週間して、絵本作家のあべ弘士《ひろし》さんをお迎えしての宴会があった。わたしもおサル先生も酔いつぶれて、二次会になだれこんだ。おサル先生はそこでカラオケをうたった。直立不動で「日本で唯一《ゆいいつ》の進化の歌です」と叫び、『はじめ人間ギャートルズ』の主題歌をうたった。

わたしたちのけんかの気持ちを知ってか知らずか、お見通しゴリラのあべさんが、

「りえさん、こいつはけっこういいやつだぞ、うん」

と耳元でつぶやき、にやりと笑った。

子どもはけんかして大きくなるのに、
大人はけんかして、ちぢこまるんじゃつまんない。
そうよ、とりあえず、さっぱりしたお菓子でも、つくりましょ。

怒りのダイコンおろしハチあわせ

1 怒りにまかせて、ダイコンをすりおろします。
2 はちみつと、ダイコンおろしのしぼり汁を混ぜまぜ。
(このまま飲んでもいいですが……)
3 フライパンに流し込んだ**2**をカラメルづくりの要領で、
イリイリさせます。
4 冷やしてパリパリになったところをかみくだけば、
あと味のわるくないサッパリした、のどあめになります。

24.

ぼくのいるこの島

地島《じのしま》という福岡県の小さなちいさな島の小学校へ出かけた。全校生徒15人、そのうち5人が、島外の街の小学校からやってきている1年間の漁村留学生だ。訪れるのは、昨年に続いて2回目。前回は、200冊ほどの絵本をもっていって子どもたちにブックトークをし、そのあと先生も加わり、全員で図書室に入れる本を選んだ。

今年は、みんなでつながりを感じ合いながらのお話づくりをするのが目的だ。

まず、1年生から6年生まで縦割りで、5人ずつの3グループに分かれてテーブルにつく。各グループ、配られた大きな模造紙の上部に、1~16の番号を書き込む。次

に各自《かくじ》思いついたことばをひとつ、ほかのひとには内緒で、配られたカードに書く。

ここまでで、準備完了。

「ゲームみたい」のささやき声。なにがはじまるのか、みんなのドキドキそわそわを映しだした15枚の「ことばカード」が集まる。

「はい、では各グループ、2枚ずつ抜きだして、裏を向けたまま、模造紙の右端に、上下に並べて置いてください」

まるでトランプのような気楽さ。みんなノリノリのからだになっていく。

「いよいよ、お話づくりのはじまりです。深呼吸してぇ……はい、そおっとカードをひっくり返します」

ぱっと現れた、ふたつのことばの意外な出会い。

「いちご・だいばくはつ」「やぎ・うみ」「ほん・ゆうれい」

取りたてて意味はないけれど、なんだかこそばゆく、なんだかおもしろい。みんなふたつのことばの組み合わせに、はははは。

「はい、これで、それぞれのグループのお話の題名がほぼ決まりました。なんで、りえさん、ほぼって言ったかわかる？」

「わかる～。〈の〉とか〈と〉とか、くっつけてもいいんでしょ？　いま質問しようと思ってたとこ」

なかなか察しのいい5年生。

「それではセロハンテープを渡しますから、題名カードを貼《は》りつけて。フェルトペン使ってもいいですよ」

「やった～!!」

結局3グループの題名は、『いちごだいばくはつ』『海の海』『ほんのゆうれい』となった。ちなみに、やぎが海に変わったのは、この小学校で飼っているヤギの名前が〈海《かい》〉なのである。「カイのうみ」と読むそうな。う～ん、なかなか。

題名の次は、本文づくり。

ルールはいたって簡単。各グループの5人が、紙に書かれた16の番号のうち、好きな番号を3つずつ選んで、文をつくって書き入れていく。初めからへんにつながりをつけようと意識せず、隣の番号にまだ文が書かれていない間は、自由に勝手に思いつ

いた文を書けばいいのだ。

「え〜、そしたら、早いもの勝ちじゃん。先に1とか10とか15とか、ばらばらに選んで、そこに文を書けば終わりじゃん」

「そのとおりです」

「よっしゃ〜！」

もうフェルトペンをもって立ち上がった子がいる。

「ただし、おれ、ココとココとココの番号とったね、というような予約はできません。番号を選んだら、その番号の下に、すぐお話を書いていきます」

「は〜い」「簡単かんたん」「できるよね」。みんな、1年生や2年生に、上手《じょうず》に声をかけて励ますことも忘れない。

はい、ほんとに、簡単かんたん。どんどんお話は思いがけないところへ飛んでいき、隣り合う文とごっつんこ。新しいいたずらごころで、ごっつんこの向こう側に、またまた飛んでいく。気がつけば、自分ひとりでは考えつかなかったような、そして、番号順に文をつなげていくのではとうていたどりつけないような、ひろがりをもったお話ができあがっていく。

「さあ、16のうち15までが、みんなの文で埋《う》まりましたね。では、残ったひとつの番号の文をみんなで考えて、お話を仕上げましょう！」

3グループとも自然にみんなでからだを寄せ合って、自分たちのお話をひとつにすることに夢中になっていく。ここに至るまでの、Aちゃんの書いた文、Bちゃんの書いた文といった区別が消え、みんなでつくった文の連《つら》なりだと、それぞれが受けとめているのがわかる。1年生のMちゃんの文は、みんなの文、6年生のOちゃんの文も、みんなの文。

イチゴが熟《う》れに熟れて、とうとう地球のどまんなかで真っ赤に燃えて爆発する『いちごだいばくはつ』。ヤギの海《かい》がひとりでしずかに海を見つめていて、その蒼《あお》いあおい海に溶《と》けていく一瞬の幻想物語『海《かい》の海《うみ》』。本に取り囲まれてたったひとりでお屋敷に住んでいるゆうれいの元に、本好きの男の子がやってきて、ゆうれいがひとりぼっちでなくなる『ほんのゆうれい』。

できあがった3つの物語は、夕暮れまでに生きいきした3冊の絵本となって完成。

その日、島から出る渡し船の最終便を波止場《はとば》でまっていると、島の寮《りょう》にいる子どもたちが自転車で見送りにきてくれた。

息を切らせながらそばへやってきた2年生のKちゃんが、わたしの耳元でささやいた。

「ねえ、りえさん、この次いつくる？　3月までにこないと、もうぼくに会えないよ」

「ぼくに会いにきて」でなく、「ぼくに会えないよ」と伝えてくれたKちゃんの魂《たましい》のピカピカが、地島の海に映《は》えて、まぶしいほどうれしかった。

きっとKちゃんは、このちいさな島の小学校に留学してきて、「ぼく」という存在が、かけがえのないものであること、みんなにとって必要な存在であることを、一つひとつの学びのなかで知ったのだろう。

ぼくを育てることと、ぼくたちを育てることが、新しい出会いにおおらかにつながっていく、そんな可能性を垣間《かいま》見た1日でした。

まるごとOKって言ってもらえるような場所って、あるようでないなぁ。
だからこそ、まるごとおいしいもの、つくりましょ。

つながろーる

1 強力粉《きょうりきこ》と水、卵を混ぜて、トルティーヤもどきを焼きます。
何枚でも。

2 ニンジン、水菜《みずな》、セロリなんかを千切《せんぎ》りにして、
ゴマ油でささっと炒《いた》めます。

3 ツナをほぐして、レモンを絞《しぼ》ってかけます。
ヨーグルトとマヨネーズを混ぜて、ソースをつくります。

4 トルティーヤもどきに野菜とツナをのせて、ソースをかけて、
あとはくるくる……みんなで〈つながろーる〉。

25.

だいじょうぶ、だいじょうぶ

留学を終えて、娘がニュージーランドから帰ってきたのが12月半ば。そして、高校入試が、3月の初め。2ヶ月ちょっとの受験生生活。

学習環境も、日々の生活リズムもまるで異なるニュージーランドでの日々を、帰国ぎりぎりまで思いっきり満喫《まんきつ》していたようなので、こりゃあきっと、時差ぼけならぬ、ニュージーぼけで、しばらくは、頭の切り替えができないだろうなぁと、予想していた。

ただでさえ、受験の追い込み時期になれば、みんなカリカリ神経質になるってもんだから、いまごろ日本に戻ってきて、外国の匂《にお》いなんかさせちゃったりするフワフワもんが顔を出したりすると、友だちとはいえ、みんなあんまりいい気がしないんじゃゃないか、なぁんてことまで、親ばかで考えたりもした。
ところが意外にも、娘は、戻ってきて1週間もたたないうちに、すうっと受験生になってしまった。いやいや、すうっと、という言い方はちょっとちがうな、もっと気《き》合《あい》の入った突入モード、ずんっ、ていう感じかな。

　友人たちも、あまりに無防備に受験ラストスパートの波に飛び込んできた娘を見かねてか、協力を惜しまない様子。「忘れかけていた基礎を思いだせるわぁ」と、いやがらず解説してくれるようだ。

「けど、これは一度や二度ですむ協力じゃないからねぇ、ここは早くひとり立ちせねば……」と、娘が殊勝《しゅしょう》なことを言うもんだから、じいちゃんとばあちゃんは、思わずほろっときて、

「かわいそうに、異国になんか行ったばかりに、苦労するのぉ」

おいおい、かわいそうにって、親の反対押し切って、自分で決めて行ったんじゃん。

ともあれ、1年半ぶりの数学は、未知との遭遇《そうぐう》。向こうの数学は、ほとんど計算式とその応用程度でやりこなせていたらしく、関数とはなんぞや、証明問題ってなん

じゃらほい！　からのスタート。社会科だって、地理しか勉強していなかったわけだから、はじめまして、日本の歴史、世界の歴史。おまけに、なるほど、ザ・公民。そしてなにより、ちんぷんかんぷんの理科。

悲鳴をあげながら、毎日中学校に居残りして、遅くまで勉強している。朝も、学校がはじまる前の1時間、教室で勉強している。

しかたなく、わたしも朝5時起きで、忘れかけていた弁当づくりを再開。ついでに、連れ合いのも、わたしのも。受験生の母ってたいへんだよねぇと、知人に自慢して、そんなのあたりまえのあたりまえ、とあきれられた。

連れ合いは、娘がそばにいて顔を眺められるだけで満足なようで、

「あー、いいなぁ、このほのぼのした感じ。まだ教科書なんかにらまずに、もちょっと、ここでぼおっとしていろ。うん。ほんと、いいなぁ」

とひとりにやにやしているし、大学生の兄は、勉強が苦手な子どもたちに人気の家庭教師なのだが、しみじみ妹を眺め、

「おまえって、ひょっとしたら、おれの生徒たちのライバルってわけ？　これは油断

できないな」

などと、わけのわからない闘争心を燃やしている。おまえが妹のライバル増殖《ぞうしょく》してんだろ！　と母は言いたいぞな。

　そんな、とんでもない学習環境のなか、娘は実に淡々《たんたん》と勉強を進めている。で、ついちょっかいを出したくなって、先日、

「だいじょうぶっちゃ。受かっても受からなくても、究極的に言えば、あなたはＯＫよ」と言ってしまった。

〈桶狭間《おけはざま》の戦い〉という漢字を広告用紙に書き連《つら》ねておぼえようとしていた娘は、顔をあげて、

「あのね、かあさん」と語りはじめた。

「はいはい」と隣に座ると、

「受かるとか受からないとか、いまあたしは、そんなこと心配できるほど余裕はないんよ」と諭《さと》された。

　なるほど、ごもっともと、しゅんとなったわたしに、娘はやれやれと肩をすくめ、

ことばを続けた。

「ニュージーランドでも、みんなとは全然ちがった状況から、自分の目標に向けて進むしかなかったからね。こっちに帰ってきてからだって、同じことなんだよ」

再び、なるほど、ごもっとも。

「それにしてもさぁ、受験と思わなきゃ、知識のつめ込みもけっこう刺激的でおもしろいよ」

「え～!! そりゃちょっと、言いすぎやないん?」

思わず異《い》を唱えるわたし。

「まじよ。江戸時代の三大改革、知っとるやろ?」

「え～と、ちょっとまってよ、享保《きょうほう》の改革、天保《てんぽう》の改革、それから……」

「うん、それそれ。中身をよく考えるとね、けっこういまの小泉さんの叫んでる構造改革とかと、かぶるとこもあるんよ。それに、周囲の反応も。歴史って、世のなかを眺めるヒントになるよ、たいして変わんないこと、くり返してるし……」

あんた、余裕やねぇ、と言いかけて、そうじゃないな、と口をつぐんだ。

知ることは、新しい刺激なんだ。その刺激によって、この子は、いま、一生懸命自分を創《つく》っているのだ。自分を創ることに誠実であれば、少々の困難は乗り越えられるということ。そして乗り越えることで得られるよろこびが、この世にはあるということを、親元から離れた時間のなかで彼女は学んできたのだ、としみじみ思った。

「だから、だいじょうぶ、だいじょうぶ」と、またまた、言いそうになる。

「だいじょうぶ」は、彼女が、彼女なりの力を尽くしたうえで、自分に与えようとしている、充《み》ちたことば。まちがっても、親の不安の補《おぎな》いのためになんか、使わないでいよう。


新しい春には、わが家に、どんな風が吹いていることだろう。必ずやってくるその季節を想《おも》って、幸福のレシピでも考えましょう!!

自分を創る時期って、さらっと軽くばかりはいかないよね。
ねばる時はねばらなきゃ。というわけで、
ひたむきに、前向きに、どんどんつくりましょ。

こうなりゃ、自力《じりき》でねばるどん

1 ヤマイモをどんどんすりおろします。

2 納豆《なっとう》をぐるぐる混ぜます。

3 ヤマイモと納豆を合わせて、
できれば、アサリの佃煮《つくだに》なんかも、
ぽとんぽとんと落として、みそかしょうゆでお味つけ。

4 あつあつごはんに**3**をたらーり、きざみのりを振って召し上がれ。
このうまさは、自分で生みだしたのだぁ〜、と叫ぼうにも、
ねばっちゃって、もうたいへん!!

そのあとも、あとでなく……とっておきのいまとして

下手《へた》っぴいを顧《かえり》みずに次々と料理しては差しだしたお皿を、洗い、1枚ずつふきんで拭《ふ》きながら、いま、いろいろに反省中。

ちょっと、脂《あぶら》っこいメニューが続きすぎたんじゃないか？　あれはやっぱり、もう少し煮込んだほうがよかったんじゃないか？　怒りにまかせて塩が効《き》きすぎてたんとちがうやろか……というところで、

あっ、ちょっ、ちょっとなにしとるん？

娘が制服姿のままで、まだ拭き終わってないお皿を取り上げ、なべのなかのそうめんスパゲッティを盛ろうとしています。

「棚から新しいお皿を出して使いなさいよ」

「なんで？　洗いたてだから、こっちのほうが新しいじゃん」

「それは屁理屈《へりくつ》！　水気もよく切れてないのに……」

「いいんよ、かあさんのはスパ麺《めん》もそうめんも、だしの味加減《あじかげん》一緒やから、そうめんにはちょっと辛《から》いんよ。この水気とまざって、ちょうどよし！」

「これこそ大屁理屈!!　とにかく制服着替えてから食べにおいで。そのころには、お皿も拭き終わってるし」

「つまんな～い。このだらだら加減が、わが家には、ちょうどいいのになぁ～」

　娘のまた少し大きくたくましくなったふくらはぎを見送りながら、笑いがこみあげてきます。

「ちょうどいい」には、いろんな見えない調節が隠されているんですね。

就職して、結婚して、母になり、ご近所づきあいも増え……人生が、どんどんわたしのひとり舞台ではなくなっていく。

学生になにを学びとして手渡し、連れ合いにどんな愛をそそぎ、わが子

をどう育てるか、地域のひととどうすればうまくやっていけるか？　いくつもの〈？〉の解答を求めて、あっちに気をつかったりこっちに気を配ったり、うろちょろじたばたすればするほど、自分らしいふるまいができなくなって、舞台の上で浮いてしまっている気になる。

けれど、そこはやはり、ひとり舞台じゃない良さがあるわけで、その浮いた演技も、みんなのひきうけ方次第で、ちょうどいいあんばいになったり、芝居の隠し味になったりするんだと、教えられるこのごろなのです。

「あぁ、かあさん、今日はごきげんななめみたいだから、そっとしといたほうがいい。そのプリントは明日出せ」

と息子と娘がささやき合っていたり、酔っぱらって帰ってきた連れ合いが、出し忘れの弁当箱を、なぜか夜中に、わたしの3倍くらいの洗剤を使って鼻歌まじりに洗っていたりと。

こういう、すきまのあるひとりずつとのからみ合いのなかに、ちょこっとずつ空気みたいなものが包み込まれていき、知らずふんわりした「しあわせ」ができあがっていくのかもしれません。そういうのが、まるごとのおたのしみなんだろうな、きっと。

そうそう、娘がハンガーにセーラー服をひっかけて舞い戻ってくるまでの間に、早口でご報告。娘の泣くほどせつない受験までの約60日とちょっとを、4月のやさしい風が受けとめてくれました。

本文中の娘は、けなげにも留学生モードから、すうっと受験生モードに入っておりましたが、なにを隠そう、受験2週間前に突然大パニックが彼女を襲いました。張りつめすぎた気持ちに自分で耐えられなくなったせいか、とにかく泣いて泣いてオフロのなかでもお湯が汐湯《しおゆ》になるくらい泣き通し、そのあとまる2日間、ごはんも食べずに眠りこけていました（それでもトイレには何度かこっそり行った気配がありましたが）。

なす術《すべ》のないわたしたち家族は、せめて気持ちのよい夢を見てくれるようにと枕元《まくらもと》に香りのよい花をいろいろに飾り、「まるで部屋全体がでっかい棺桶《かんおけ》みたいやん」という息子を張り倒し、ひたすら待ちました。なにを

どう待てばよいのかもわからないまま、ただ娘を愛して待ちました。

　そして3日目の朝、娘は起きあがり、しゃんと背中をそらして、両手をぐんと上に伸ばしました。もうだいじょうぶやねと、みんなうれしくなりました。

　そんな思い出に支えられた娘の制服姿ではありますが、本日ただいま、ハンガーになさけない状態で吊《つ》り下げられております。まったくこの娘は、とぶつぶつ言いながら、ばあちゃんが、あとできっと直しにいくことでしょう。

　思いどおりにいかないからこそ生まれる、こんな日々のこっけいな調節のしあいっこが、しあわせのお皿をあたためてくれているのですね。

村中李衣［むらなか・りえ］
いつもは、山口県にある梅光学院大学〈子ども学部〉の先生。おまけに、絵本や児童文学を創作したり、0歳から100歳まで、いろんなひととの絵本の読みあいも20年以上続けている。おまけのおまけに、時々、絵本やパペットを手に、おもしろい出会いを求めて各地に出没している。
エッセイに『こころのほつれ、なおし屋さん。』（クレヨンハウス）『絵本の読みあいからみえてくるもの』（ぶどう社）『子育て絵本相談室』（ポプラ社）『そっちへ行ったらあぶないにほんご』（草土文化）など。児童文学に『小さいベッド』（偕成社）『わおう先生、勝負！』（あかね書房）『かわむらまさこのあつい日々』（岩崎書店）『やまさきしょうてんひとくちもなか』（大日本図書）、絵本に『とうちゃん、おかえり』（ポプラ社）など。研究書に『跳ぶ教室〜人間関係教育の試み』（教育出版）。

まるごとおいしい幸福のつくりかた

村中李衣・著

発行日　2006年9月第1刷

発行人　落合恵子

発　行　クレヨンハウス
東京都港区北青山3-8-15
TEL. 03-3406-6372　FAX .03-5485-7502
e-mail　shuppan@crayonhouse.co.jp
URL　http://www.crayonhouse.co.jp

印　刷　中央精版印刷

［月刊クーヨン］（クレヨンハウス発行）2004年4月号～2006年5月号に掲載した
「幸福のつくりかた」に加筆し、編集しました。

ISBN4-86101-063-2　C0095　NDC914　232p　19cm
JASRAC 出 0609537-601
乱丁・落丁本は、送料小社負担にてお取り替え致します。価格はカバーに表示してあります。

こころのほつれ、なおし屋さん。　村中李衣—著

いま、という時を抱えあぐね、泣いて笑って立ちすくみ、それでもあきらめたりしないあなたへ。ちょうどいい針と糸が、きっとあります。「うまくいかないこころ」を隠さず、ゆっくりと、でもちょっとだけ勇気を出して。元気が出るエッセイです。　ISBN4-86101-022-5●四六判変型／248P●1,200円

記憶の小瓶　高楼方子—著

幼少期の思い出は、みな幸福な記憶として輝くのだろうか……。いま、ピカイチの児童文学作家・高楼方子の、極上のおもしろエッセイ。繊細で鋭く、まっとうで滑稽！　幼いこころのまっすぐさが、ときにおかしくもあり、せつなくもあり。　ISBN4-86101-023-3●四六判変型／192P●1,200円

からだを感じよう　医学博士　丸本百合子—著

女性のからだはとても正直で、個性も豊か。自分のからだの声を感じて、からだと仲よしになれば、もっともっと自分を好きになれる。もっと、快適に生きていける。思春期からの女たちへ。母娘で、パートナーと一緒に、読んでほしい。　ISBN4-906379-97-4●四六判／253P●1,200円

たのしい子育ての秘密　臨床心理士　金盛浦子—著

“よい”加減の子育てが、子どもも親もラク。子どもと親のしあわせふくらむ「たのしい子育ての秘密」で、きょうからの子育てが変わります。たっぷり甘えさせて大丈夫。ひとりあそびも大丈夫。子育ては、とってもたのしい「道楽」なのです。　ISBN4-906379-98-2●四六判／207P●1,200円

金子みすゞをうたう～みんなを好きになりたいな

吉岡しげ美—著　はたよしこ—絵

「私と小鳥と鈴と」「大漁」など24の詩を、歌と絵とエッセイで味わう１冊。女性詩人の詩をうたい続けてきた音楽家・吉岡しげ美が、みすゞの詩に自分を重ねてうたい、詩のこころを綴ります。わたし・こども・いのち・こころに響くメッセージがここに。　ISBN4-86101-003-9●A5変型／136P●1,450円